Abe Opincar

Am Abend, als ich meine Frau verließ, briet ich ein Huhn

Abe Opincar

Am Abend, als ich meine Frau verließ, briet ich ein Huhn

Ein kulinarischer Roman

Aus dem Amerikanischen
von Rudolf Hermstein

SchirmerGraf Verlag
München

Die Originalausgabe erschien 2003 unter dem Titel
»Fried Butter. A Food Memoir« bei Soho Press in New York.

ISBN 3-86555-033-9
ISBN 978-3-86555-033-0

Published by arrangement with Soho Press, New York,
and the Michael Meller Literary Agency, Munich

Gesamtgestaltung nach einer Idee von Paul Barnes, London
Umschlag unter Verwendung des Gemäldes »Mahlzeitstilleben«
(um 1615, Ausschnitt) von Jacob van Hulsdonck
Gesetzt aus der Berthold Caslon
Satz: Uwe Steffen, München
Druck und Bindung: Ebner & Spiegel, Ulm
Printed in Germany

www.schirmer-graf.de

Meinem Vater und meinem Bruder,
möge ihr Andenken stets zum Segen gereichen.

Ich danke Claudia, Cristina, Devorah, Doina, Ernesto, Esteban, Keo, Matitiyahu, Ron, Sophie und Teresa für ihre Einfälle und Erinnerungen und dafür, daß sie meinen auf die Sprünge geholfen haben.

Ich danke meinem Verleger Jim Holman und meiner Redakteurin Judith Moore beim *San Diego Reader* dafür, daß sie mich angespornt haben.

Und ich danke Juris Jurjevics – *tu esi patiess labs draugs.*

»Ezra der Schreiber verordnete, daß der Mann am Vorabend des Sabbats Knoblauch esse. Rabbi Shlomo Yitzchaki erklärte, Gott habe Mann und Frau befohlen, am Vorabend des Sabbats die Bettpflicht zu verrichten, und Knoblauch steigere das geschlechtliche Verlangen. Andere Rabbis sagen vom Knoblauch: Er sättigt, er wärmt, er erheitert das Gesicht, und er steigert das geschlechtliche Verlangen. Manche sagen, er weckt die Liebe und entfernt die Eifersucht.«

Babylonischer Talmud, Baba Kamma 82a

Erstes Kapitel

Am Abend, als ich meine Frau verließ, briet ich ein Huhn. Es war ein Huhn mit strammen Schenkeln, das ich mit Olivenöl und Salz einrieb und in das auf 250 Grad vorgeheizte Backrohr schob, wo ich es etwa eine Stunde lang brutzeln ließ. Der butterige Geruch des Huhns erfüllte die Küche. Die Suppe aus Hals, Innereien und Hühnerfüßen köchelte auf dem Herd. Zwei Gäste, meine Frau, mein Stiefsohn und dessen Frau schwatzten und lachten im Eßzimmer und beklagten sich lautstark, sie hätten Hunger. Unsere Sabbatkerzen leuchteten auf ihren silbernen Ständern. Die Challah wartete unter ihrem bestickten Samttuch auf den Segen.

Jeden Freitagabend saßen wir um den großen Eichentisch, und jeden Freitagabend segnete ich meinen Stiefsohn und seine Frau, sang für meine Frau *Aishes Chayil* (»Wer fände wohl eine Frau von Wert? Sie ist weit kostbarer als Perlen …«), segnete Wein und Brot, servierte Hühnersuppe, tranchierte saftige Brathühner und sprach das Dankgebet nach Tisch (»Gelobt seist du, unser Gott, König des Universums, der die ganze Welt nährt, in seiner Güte, voller Gnade, voller Erbarmen …«). Lange Zeit dachte ich, mein Leben sei erfüllt und glücklich. Eine Zeitlang war es das auch.

»Er hat auf meiner Hochzeitsreise meine Zeit vollständig für sich in Beschlag genommen.« Das hatte meine Frau zu Star und Bob, unseren Eheberatern, gesagt, als Erklärung für ihre damalige und heutige Unzufriedenheit. Ich saß da und wunderte mich über das Possessivpronomen, das meine Frau verwendet hatte: »meine« Hochzeitsreise. Aber was wußte ich schon? Nicht sehr viel. Nur eins wußte ich bestimmt: daß ich einem Eheberater-Team namens Star und Bob 185 Dollar die Stunde dafür bezahlte, daß sie sich anhörten, wie meine Frau sich beklagte, ich hätte auf ihrer Hochzeitsreise ständig ihre Zeit in Beschlag genommen.

»Interessant«, murmelte Star und spielte mit ihrer klobigen Folklore-Halskette. Bob zupfte imaginäre Flusen von seiner graubraunen Cordhose. Star wandte sich mir mit großen, mitleidsvollen Augen zu. »Was fühlen Sie jetzt?«

»Ich fühle«, sagte ich, »daß ich jetzt nach Hause fahren und ein Huhn braten muß.«

Wahrscheinlich hat jede gescheiterte Ehe einen

geheimen Punkt, an dem Müdigkeit, Verzweiflung und Zorn zusammentreffen. Motive bleiben für immer im ungewissen; die Geschichte ändert sich trotzdem. Als ich die Praxis von Star und Bob verließ, wußte ich, daß ich nie wieder hingehen würde.

Ich fuhr nach Hause und nahm die Zeit eines Huhns in Beschlag. Wie Millionen von Juden es seit Jahrhunderten am Freitagabend tun, briet ich ein Huhn. Meine Frau machte im Wohnzimmer sauber und summte dabei *Some Enchanted Evening*. Sie stellte Margeriten in eine Vase. Die Sonne ging unter. Meine Frau zündete zwei Kerzen an und segnete sie. Die Gäste kamen und ein paar Minuten später auch mein Stiefsohn und seine Frau. Unsere Mahlzeit begann.

Gott schuf den Sabbat und sagte: »Israel soll dein Gefährte sein.« Rabbiner fügten erläuternd hinzu: »Und so begrüßt Israel jede Woche den Sabbat, wie ein Bräutigam seine Braut.« Auch der Sabbat gibt einen Vorgeschmack vom Himmel, von einer nie endenden Hochzeitsreise. Ich wollte nicht, daß unser Mahl zu Ende ging. Es sollte ewig dauern.

Unsere Gäste verabschiedeten sich. Mein Stiefsohn und seine Frau blieben noch ein bißchen. Sie stand auf und umarmte mich. »Du bist der Vater, den ich mir immer gewünscht habe.« Das war ich die längste Zeit gewesen.

Sie gingen. Im Haus war es still. Meine Frau räumte den Tisch ab, dann ging sie zu Bett. Ich fütterte den Hund, ging hinaus und starrte auf den Garten, den ich angelegt hatte. Jeder Samen, den ich achtlos in die Erde gedrückt hatte, war aufgegangen. Jede Sonnenblume, jede Bohne, jede Ringelblume, jeder Kürbis, jede Minze, jede Tomate war aus der Erde geschossen. Die winzigen ein- und zweiblättrigen Pflänzchen verhöhnten mich.

Ich schlich mich ins Schlafzimmer, um ein paar Sachen zum Anziehen, ein Buch, das ich gerade las, und eine Ledertasche zu holen. Meine Frau schlief. Unter der Leselampe schimmerten ihre langen dunklen Locken und ihr wunderbar heller Teint. Ihre Lippen waren leicht geöffnet. Ich hätte sie gern noch einmal geküßt. Hätte gern noch einmal ihren Atem geschmeckt. Ich wußte, daß ich sie nie würde glücklich machen können.

Ein letzter Blick ins Eßzimmer: Mich fröstelte. Die Kerzen in ihren silbernen Leuchtern flackerten. (Sabbatkerzen bläst man nicht aus.) Unser Hund, ein angejahrter schwarzer Labrador, döste unter dem Tisch. In der Küche summte der Kühlschrank.

Ich nahm mit, was von dem Brathuhn übrig war; in einem Motelzimmer tags darauf war es mein Mittagessen.

Als ich fünfzehn war, schickten mich meine Eltern nach Frankreich auf die Schule. Die französische Familie, bei der ich lebte, die Rampillons, besaßen ein großes Weingut bei Bordeaux. Aus den Kolonien waren sie nach der marokkanischen Unabhängigkeit 1956 nach Frankreich zurückgekehrt, und wie viele Leute aus den früheren Kolonien waren sie sehr empfindlich, was ihre gesellschaftliche Stellung in Frankreich anbetraf. Sie waren gebildet. Sie hatten Geld. Aber für die stockkonservativen alteingesessenen Familien des Weinlandes waren sie Außenseiter. Die Gegend um Bordeaux gilt in Frankreich als sehr traditionsbewußt. Um ihre Unsicherheit zu überspielen, nahmen die Rampillons die Anstandsregeln der Großbürger von Bordeaux so ernst, wie nur wahre Außenseiter es fertigbringen. Die sonntäglichen Mittagessen bei den Rampillons waren für mich der reinste Horror.

Ich hätte ihnen auch nicht primitiver erscheinen können, wenn ich ihre Schwelle auf allen vieren überschritten hätte. Ich kam aus Südkalifornien, was für die Rampillons so weit weg und so exotisch war wie Borneo. Als sie mich aufnahmen, hatten sie wahrscheinlich denselben Ehrgeiz wie eine Familie, die einen Schimpansen adoptiert, in der Hoffnung, ihm die Zeichensprache beibringen zu können. Anfangs fanden sie meine unbeholfenen Verständigungsversuche charmant, doch bald stellte sich heraus, daß mir auch die simpelsten Voraussetzungen für die Teilnahme an einem gutbürgerlichen häuslichen Leben fehlten. Einmal kam ich barfuß ins Fernsehzimmer. Madame Rampillon zog die Augenbrauen hoch, zeigte auf meine nackten Füße und sagte: »*Franchement, je trouve ça très sale.*« Ich finde das, offen gesagt, sehr unappetitlich.

Von da an ging ich nur noch barfuß, wenn ich badete.

Wahrscheinlich lernt man eine Fremdsprache am besten in einer Atmosphäre der Einschüchterung und Angst. Dann macht man jeden Fehler nur einmal. Die Rampillons waren fest entschlossen, einen zivilisierten Menschen aus mir zu machen, und als Franzosen hielten sie korrekten Gebrauch und perfekte Aussprache des Französischen für den Inbegriff von Zivilisiertheit. Sogar die Hausmädchen und die Arbeiter wurden eingespannt, obwohl Monsieur Rampillon mich warnte, den Akzent dieser Leute solle ich besser nicht nachahmen. Im Haus der Rampillons und auf ihrem weitläufigen Besitz konnte ich nicht den Mund aufmachen, ohne sofort von fünf bis sechs durchdringenden Stimmen verbessert zu werden. Wenn ich nach der Schule die Köchin um eine Kleinigkeit zu essen bat und dabei Grammatikfehler machte, erstattete sie

Madame Rampillon Bericht, die dann später am Abend dafür sorgte, daß keiner davon unkorrigiert blieb. Sogar Gäste *chez Rampillon* wurden ermuntert, mir im meisterlichen Gebrauch des Konjunktivs zu assistieren.

Während der Mahlzeiten gutes Französisch zu sprechen und zugleich an die bürgerlichen Tischsitten zu denken war ungefähr so einfach wie gleichzeitig Geige und Tuba zu spielen. Die Rampillons übten sich in Geduld, aber sie hatten es mit jemandem zu tun, der nicht wußte, daß man, Brot ausgenommen, nichts, was eine Kruste hat, mit dem Messer schneiden darf.

Mein Messer schwebte über einem Stück Quiche, als Monsieur Rampillon mir einen strafenden Blick zuwarf. »Du beleidigst die Köchin. Du gibst zu verstehen, daß die Kruste zu hart ist, um sie mit der Gabel zu durchtrennen.« Meine Tischmanieren besserten sich, während ich bei den Rampillons lebte. Außerdem nahm ich ab.

Nach Monaten harten Trainings, als man nicht mehr befürchten mußte, daß ich meine Quiche mit dem Messer traktieren oder Wörter wie *serrurier*, Schlosser, auf die blamabelste Weise falsch aussprechen würde, hielten die Rampillons es für unbedenklich, einen bedeutenden Gast zum sonntäglichen Mittagessen einzuladen. Meiner Erinnerung nach war es ein weit gereister ältlicher Professor der Agrarwissenschaften. Um, so vermute ich, mit ihrem Erfolg in der Domestizierung eines exotischen Lebewesens zu prahlen, setzten mich die Rampillons neben den Ehrengast. Vor uns erstreckte sich eindrucksvoll die Sonntagstafel: Damasttischtuch, antikes Kristall, Sterlingsilber, die besten Bordeauxweine. Zunächst lief alles bestens. Ich machte niemandem Schande. Der Professor plauderte mit mir über Südkalifornien. »Ihr junger Amerikaner«, sagte er zu Madame und Monsieur Rampillon, »spricht gut Französisch.« Sie strahlten.

Zum Dessert mußte natürlich frisches Obst gereicht werden, und das Hausmädchen brachte Pfirsiche. Alle um mich herum hielten ihren Pfirsich mit der Gabel fest und begannen, ihn routiniert und elegant mit dem Obstmesser zu schälen. Ich starrte meinen Pfirsich an wie eine scharfe Handgranate. Das Schälen eines Pfirsichs mit Messer und Gabel war eine Fertigkeit, die mir die Rampillons nicht beigebracht hatten.

Gott mag ja seine schützende Hand über Kinder und Betrunkene halten, aber junge Amerikaner in Frankreich lassen ihn kalt. Die Pfirsiche waren ein wenig zu früh geerntet worden. Ich stach die Gabel in meinen, und ich sehe immer noch vor mir, wie er von meinem Teller springt und wie von einer unsichtbaren bösen Macht getrieben auf das Rotweinglas des Professors zusteuert. Es war etwas obszön Unausweichliches an meinem Volltreffer, daran, wie das Kristallglas zerbarst, als es umfiel, und der dunkle Wein sich über das weiße Tischtuch ergoß. Im Geist habe ich die Szene seither tausendmal durchgespielt. Für mich haben Pfirsich und Weinglas nichts von ihrer makabren Faszination verloren.

Franzosen haben in der Tat oft erlesene Tischmanieren. Niemand lachte. Niemand starrte. Niemand unterbrach den Gesprächsfluß. Der Professor warf einfach seine Serviette über die Bescherung. Monsieur Rampillon rief das Hausmädchen aus der Küche herbei. »Ich glaube, unser junger Amerikaner hätte lieber eine Banane.«

Zweites Kapitel

Meine Nachbarin Arlene, eine ernste ältere Frau, die einen Trans Am fährt, stellt mir Tüten voller Persimonen vor die Haustür. Die Bäume in ihrem Garten sind so mit Früchten beladen, daß die Äste sich zum Boden biegen. Am Spätnachmittag fallen Scharen von Blauhähern ein und lassen sich auf den Ästen nieder. Orangegelbes Fruchtfleisch leuchtet auf ihren Schnäbeln. Ich stehe am Zaun und betrachte das Festmahl. »He, runter von den Bäumen!« schreie ich und schwenke die Arme. Die Blauhäher ignorieren mich.

Arlenes Großzügigkeit gehört zu den Dingen, an denen ich erkenne, daß Zeit vergangen ist. Wenn man allein lebt, gehen die Tage ineinander über. Ich kann mein Leben in groben Zügen schildern, aber kaum genaue Daten angeben. Wenn ich nach Hause komme und eine Tüte Persimonen vor meiner Tür finde, weiß ich, daß es Mitte Oktober sein muß. Ich lege die Persimonen auf der Fensterbank über der

Spüle aus. In ein paar Tagen werden sie anfangen, weich zu werden.

Seit ich unversehens wieder Junggeselle geworden bin, bearbeite ich gewissenhaft meinen Garten. Ich häufle. Ich jäte. Ich dünge. Ich durchsuche Kataloge nach Minzen, Sonnenblumen, besonderen Tomatensorten. Ich ignoriere Beschreibungen von Feigenbäumen und Zitronen, Pflaumenbäumen, Aprikosen, Persimonen. Von allem, was ich anpflanzen könnte, wären mir Obstbäume das liebste. Aber Obstbäume brauchen Jahre, bis sie zum ersten Mal tragen. Ich bin entwurzelt. Ich weiß nicht, wo ich in ein paar Jahren sein werde.

Arlene jätet nicht viel, düngt kaum und gießt auch nicht oft. Sie erzählt mir, daß sie ihre älteste Persimone vor zwanzig Jahren gepflanzt hat. »Aber die anderen beiden waren Freiwillige. Sie sind aus Samen entstanden, die Blauhäher fallen gelassen haben. Sie sind mir nichts, dir nichts aus der Erde gewachsen. Und jetzt tragen sie so viele Früchte, daß ich nicht weiß, wohin damit.«

Manchmal spricht sie mit mir über unseren Gartenzaun hinweg, während ich jäte und an meinem Rasen herumschnipple. Sie redet von ihren Kindern. Anscheinend hat sie mehrere. Enkel sind auch vorhanden. Ich blicke da nicht durch. Sie kommen sowieso nur selten zu Besuch. Ihr macht das offenbar nichts aus.

»Man kann sie großziehen«, sagt sie, »aber man kann nicht ihr Leben für sie leben. Man erledigt das Grobe, dann läßt man sie ziehen.«

Sie vermutet, daß ihre Persimonen die einheimische amerikanische Art *Diospyros virginiana* sind. Ich bin anderer Meinung. Amerikanische Persimonen sind rund. Die von Arlene laufen spitz zu. Es könnte sich um Hachiya-Persimonen handeln, eine der japanischen Arten. Im unreifen Zustand sind sie, wie die amerikanischen Persimonen, runzlig und herb. Morgens, wenn ich Kaffee mache, drücke ich ganz vorsichtig die Persimonen auf der Fensterbank. Sie reifen von innen heraus. Man muß abwarten, bis sie im Inneren weich sind, puddingartig. Sie sind sehr süß, und für mein Empfinden schmecken sie ein bißchen nach Kürbis. Dieses Warten, die erforderliche Wachsamkeit, macht sie für mich zu einem altmodischen Labsal. Persimonen sind geduldige Früchte.

Meine Mutter kommt zu Besuch. Eines Abends steht sie in der Küche an der Spüle, in der Hand eine angebissene Persimone.

»Als ich ein kleines Mädchen war«, sagt sie, »haben wir in der Nähe eines Persimonenhains gewohnt. Ich bin immer auf die Bäume geklettert und hab so viele gegessen, wie ich wollte. Meine Mutter sagte immer: ›Tu das nicht, du wirst Bauchweh bekommen.‹ Ich hab immer Bauchweh bekommen. Ich hab nie auf sie gehört.«

Sie sieht mich an. »Du hast immer gehorcht. Du warst ein braver Junge. Bevor dein Vater starb, hat er gesagt, wenn er gewußt hätte, daß sie werden wie du, hätten wir mehr Kinder gehabt.«

In letzter Zeit neigt sie zu solchen besinnlichen Reminiszenzen. Mein toter Vater. Ihre tote Mutter. Meine Kindheit. Sie ist fast siebzig und schläft die ganze Nacht durch. Ich höre sie schnarchen und murmeln. Am frühen Abend führt sie immer lange Telefongespräche mit meinem neunjährigen Neffen. Sie spricht mit ihm über die Schule. Sie hilft ihm bei seinen Matheaufgaben.

»Der Junge hängt sehr an mir«, sagt sie. »Ich weiß nicht, was ich ohne ihn machen würde.«

Ganz nebenbei fragt sie mich, ob ich irgendwann noch einmal heiraten werde. Ich sage, das bezweifle ich. Sie wechselt das Thema und nimmt ihre Stickerei zur Hand – eine dicke grüne Kröte, die auf einem Seerosenblatt hockt.

»Dein Vater wollte immer ein Kind von dir auf den Knien schaukeln.«

Tags darauf bringt mir Arlene noch mehr Persimonen. Meine Mutter begrüßt sie an der Tür.

Die beiden unterhalten sich, lachen. Beide Witwen, Überlebende wider Willen. Ich entschuldige mich und trage den Abfall raus. Staub weht über die ungepflasterte Straße. Zehn bis zwölf Blauhäher sitzen auf meinem verwitterten Zaun. Die Vögel beäugen erst mich, dann Arlenes Persimonen. Zwitschernd und pfeifend flattert der ganze Schwarm auf und fällt über die Früchte her, oder über das, was noch übrig ist. Angefressene Persimonen baumeln traurig zwischen den braunen und roten Blättern. Ich will die Vögel schon verscheuchen, dann halte ich inne. Nächstes Jahr gibt es wieder mehr als genug Persimonen, sage ich mir. Und übernächstes auch.

Ich pflanzte gerade Basilikum in einem neuen Hochbeet, als ich im Radio hörte, daß Käse mich umbringt. Eine Ernährungswissenschaftlerin, deren Stimme in meinem billigen Radio blechern und nasal klang, beschrieb, wie der Käse die Arterien mit »klebrigem« Cholesterin auskleide, was zu »vorzeitigem Altern und zum Tod« führe. Sie sprach über Wachstumshormone, über Insektizide im Rinderfutter. Sie sagte, die Amerikaner müßten »darauf achten, was sie essen, oder die Konsequenzen tragen«. Ich machte das Radio aus und goß mein Basilikum.

Am Vollmondtag des Hindu-Monats Ashwini opfern Frauen im ländlichen Indien den Basilikumpflanzen in ihrem Hof Kampfer, Wasser, Reis und Blumen. Die Frauen legen sich vor der Pflanze flach auf die Erde und singen rituelle Lieder. Auf Hindi trägt diese Spezies, *Ocimum sanctum*, den Namen Tulsi. So heißt auch eine Göttin, die Gemahlin des Schöpfergottes Vishnu. Gläubige Hindus sehen im Basilikum nicht nur ein Symbol Tulsis, sondern die Göttin selbst.

»O Göttin Tulsi«, beten die Frauen. »Du, die du Vishnus Kostbarstes bist, die du nach seinen göttlichen Gesetzen lebst, ich flehe dich an, schütze das Leben meiner Familie und die Geister derer, die gestorben sind. Erhöre mich, o Göttin.«

Am Ende des Rituals essen die Frauen ein paar Blätter und verbinden dadurch das Aroma des Basilikums mit Tulsi, deren großer Güte und dem, was sie verheißt – Treue, Schutz und Rechtschaffenheit. Überall in Indien legt man Sterbenden ein Basilikumblatt in den Mund, damit sie die Reise ins nächste Leben gut überstehen.

Ich habe gehört, daß im Iran Mütter Basilikum auf die Gräber ihrer Söhne pflanzen, als Symbol der Trauer. Die heutigen Iraner stammen teilweise von den Ariern ab, demselben Nomadenvolk, das vor dreieinhalb Jahrtausenden den indischen Subkontinent eroberte und die Götter und heiligen Gesänge mitbrachte, aus denen sich der Hinduismus entwikkelt hat. Die iranische Mutter, die Basilikum auf das Grab ihres Sohnes pflanzt, vollzieht ein uraltes Ritual, das sie, als Muslimin, sonst entschieden ablehnen würde.

In meinen Garten ziehe ich viele Arten der *Lamiaceae*, jener Familie, der das Basilikum angehört. Ich mag diese Familie – Minze, Lavendel, Oregano, Thymian, Salbei, Basilikum – nicht nur, weil ihre Mitglieder duften, sondern auch, weil man ihrer Mannigfaltigkeit wegen oft kaum erkennt, daß sie miteinander verwandt sind. Ich denke, daß ihre Ahnenreihe Jahrtausende zurück reicht, bis zu einer gemeinsamen Vorfahrin, der Mutter allen Basilikums, der Matriarchin der Minze, einer buschigen, widerstandsfähigen Pflanze, die einen himmlischen Duft verströmte.

Bei der Arbeit in meinem Garten höre ich Radio, Sendungen, die sich oft um Gesundheit und Langlebigkeit drehen und bei denen Zuhörer anrufen können. Jede Woche bringt ein neues Aha-Erlebnis. Grünes Blattgemüse, so stellt sich heraus, schützt nicht vor Brustkrebs. Sojabohnenprodukte, so stellt sich heraus, können Krebs erregen. Oder vielleicht auch nicht. Die Jury tagt noch. Jedenfalls nähren Honig und Knoblauch wohltätige Darmbakterien.

»Ich esse seit einiger Zeit Tofu zur Vorbeugung gegen das Klimakterium«, teilt eine Anruferin dem Arzt im Studio mit. »Aber ich bekomme davon Verdauungsbeschwerden.«

Der Arzt seufzt. »Wenn Tofu Sie krank macht, dann essen Sie ihn halt nicht.«

Basilikum ist ein Liebling der Kochkunst-Kolumnisten. Jedes Frühjahr beten sie die skurrilen Legenden herunter: Die alten Griechen glaubten, Basilikum brüte Skorpione aus; die alten Römer verfütterten es zur Steigerung der Fruchtbarkeit an ihr Nutzvieh; im Mittelalter glaubten Gärtner, wenn man an Basilikum rieche, wüchsen einem Würmer »wie Skorpione« im Gehirn; Basilikum symbolisiert Lüsternheit; Basilikum symbolisiert Keuschheit; die Italiener verfluchen den Basilikumsamen, damit die Pflanze gut wächst.

Die Frau, die mir Kräutersämlinge verkauft, ist wie die meisten Pflanzenexperten, die ich kenne, mager und seltsam und praktisch veranlagt. Kommt man auf hinduistische Basilikumriten oder griechische Skorpione zu sprechen, heuchelt sie nur kurz Interesse. Am Telefon sage ich ihr, daß ich vergeblich versucht habe, *Ocimum sanctum* aus Samen zu ziehen. Sie sagt, sie habe drei junge Pflanzen, die sie mir gern verkaufen würde. Aber ich müsse mich beeilen, denn bei ihr zögen dunkle Wolken auf. »Sie können natürlich auch später kommen und im Regen herumstehen«, sagt sie. »Aber ohne mich, das sage ich Ihnen gleich.«

Ich fahre die Dreiviertelstunde nach Norden zu ihrer Kräutergärtnerei. Blitze zucken über den Himmel. Hagel trommelt auf meine Windschutzscheibe. An der Einfahrt zur Gärtnerei steht ein »Geschlossen«-Schild, aber ich fahre daran vorbei. Ich finde die Kräuterfrau in einem ihrer Gewächshäuser, wo sie mit den Fingernägeln Blattläuse von Minzepflanzen absammelt. Sie verkauft mir ihre drei Tulsi-Basilikumpflanzen. Murmelgroße Hagelschloßen prasseln auf das Gewächshausdach. Hunderte kleiner runder Schatten prallen von der durchscheinenden weißen Fläche ab. Der Krach ist ohrenbetäubend. Wir müssen schreien, um uns zu verständigen. Wir befinden uns im Innern einer Trommel, auf die ein Unwetter niedergeht.

Als meine Mutter mit mir schwanger war, wurden ihre Augen lichtempfindlich. Im wolkenlosen August platzte ihr schier der Kopf. Die sonnenbeschienene weiße Wand unserer Garage verursachte ihr Schwindel. Eier, sagt sie, als Spiegeleier nur leicht gebraten, beruhigten ihren Magen. Sie zog alle Rollos herunter, schloß alle Vorhänge. Den ganzen Sommer saß sie in der abgedunkelten Küche und aß Eier, deren Dotter wie kleine Sonnen auf ihrem Teller leuchteten. Während sie mich unter dem Herzen trug, sagt sie, roch die Küche immer nach brauner Butter.

Letzten Sommer veröffentlichte das Europäische Zentrum für Geschmackswissenschaften in Dijon eine Untersuchung, wonach sich die Babys von Frauen, die während der Schwangerschaft Anissamen gegessen hatten, in den ersten vier Lebenstagen einem Geruch nach Anis zuwandten. Babys, deren Mütter keinen Anis gegessen hatten, wandten sich von dem Geruch ab oder reagierten nicht. Es gibt kaum etwas, was mir besser schmeckt als kurz gebratene Spiegeleier oder weichgekochte Eier mit heißem, glattem, zerfließendem Dotter.

Meine Mutter hatte die Aufgabe, für meinen Bruder, meinen Vater und mich zu sorgen. Ich hatte es gut als Kind. Meine Mutter machte mein Bett, wusch Laken und Bezüge. Morgens weckte sie mich. Ich zog die Sachen an, die sie gekauft, gewaschen und gebügelt hatte. Ich setzte mich an den Frühstückstisch, und sie stellte mir einen Teller mit Eiern hin, die genau so zubereitet waren, wie ich es am liebsten hatte. Sie machte mir die Brote, die ich in die Schule mitnahm. Sie machte mir etwas zu essen, wenn ich von der Schule heimkam. Sie beklagte sich nie. Einmal, als ich noch sehr jung war, stand sie an der Spüle und wusch ab. Ich wollte hinausgehen und spielen. Sie sagte: »Ich bin einsam. Bitte bleib bei mir, und rede mit mir.« Ich tat es nicht.

Manche Nahrungsmittel entreißen wir der Welt gewaltsam. Andere, wie Eier, werden uns scheinbar geschenkt. Die Menschen, stets hungrig, stets auf der Suche nach einer milden Gabe von der bösen, geizigen Mutter Natur, konzentrieren sich nicht auf die Henne, sondern auf das Ei. Die Henne gackert und blinzelt, und schon liegt wieder eins im Nest. Ihr Altruismus ist unbegreiflich, fast schon komisch. Das Ei wird als Sinnbild des ewigen Lebens verehrt. Seine Rundheit und die Regelmäßigkeit seiner Erzeugung erinnern an den Kreislauf von Geburt und Tod. Seine brüchige Schale gemahnt an die Zerbrechlichkeit des Lebens.

Daß Eier eine feminine Speise sind, offenbart sich in ihrer Zubereitung, die oft schier mütterliche Sorgfalt erfordert. Ist in Kochbüchern von Soufflés die Rede, klingt es oft nach Dr. Spocks *Säuglings- und Kinderpflege.* Die Küche wird zum Kinderzimmer. Eiweiß und Dotter müssen *behutsam* getrennt werden, Eischnee muß man *vorsichtig unterheben.* Sobald das Soufflé im Ofen ist, bitte keine lauten Geräusche, kein Fußgetrappel mehr! *Psst. Seid still. Das Baby schläft.*

Meine Mutter hat mir nie Kochen beigebracht. Nie durften wir – ich, mein Bruder und mein Vater – auch nur abwaschen. (Sie dachte, wir würden es nicht richtig machen, das Geschirr nicht ordentlich abspülen. Außerdem hatte sie ganz allgemein Angst vor Bazillen und fand, daß Männer es damit nicht so genau nehmen.) Bis heute ist meine Kocherei für sie nur eine schlechte Angewohnheit, etwas, was ich besser meiner Frau überlassen sollte, wenn ich nur so vernünftig wäre, wieder zu heiraten. Wenn sie zu Besuch kommt, desinfiziert sie meine Spüle und schrubbt meine Schneidbretter mit bakterizider Seife. Meinen Kühlschrank beäugt sie wie eine tickende Zeitbombe. »Wann hast du zum letzten Mal die Verfallsdaten kontrolliert?«

Wenn sie zu Besuch kommt, bekocht sie mich. Ich stehe morgens auf, ich rieche Kaffee. Ich komme aus der Dusche, ich rieche Eier. Ich setze mich an den Tisch, sie schaut mir beim Essen zu. »Du sitzt krumm«, sagt sie. Oder: »Du hast die gleiche Nase und die gleiche Stirn wie dein Vater.« Ich gebe ihr einen Kuß auf die Wange. Sie lächelt und seufzt. Sie sagt, daß sie den Abwasch machen wird.

Irgendwann später geht sie aus dem Haus. Und kommt nach einer Weile mit Lebensmitteln beladen zurück. Bio-Obst. Bio-Milch. Vollkornbrot. Bio-Eier von freilaufenden Hühnern. Die haben »mehr Vitamine«, sagt sie. Ich ernähre mich nicht falsch, sage ich. Sie zuckt die Achseln. Sie verstaut die Einkäufe. Sie wischt jedes Ei mit einem feuchten Küchentuch ab und setzt es in den Behälter in der Kühlschranktür.

In der vierten Klasse hatte ich zum ersten Mal Unterricht in Sexualkunde. In dem verdunkelten Klassenzimmer surrte und stotterte der Filmprojektor, in seinem flackernden Lichtkegel leuchtete Staub auf. *Das Wunder des Lebens* wurde uns vorgeführt. Die Spermien mit ihren hektisch, mechanisch peitschenden Schwänzen sahen aus wie Insekten. Als das robusteste Spermium sich unter krampfhaften Zuckungen in das apathische Ei bohrte, war ich wie vor den Kopf geschlagen. Wie war es möglich, daß aus diesen blöden, sprachlosen, kaulquappenartigen Dingern, die nur ihrem Instinkt gehorchten, Menschen entstanden? Wie konnte ein Wunder so häßlich sein?

Alljährlich an meinem Geburtstag ruft meine Mutter in aller Herrgottsfrühe an und sagt: »Das ist exakt die Tageszeit deiner Geburt.« Ihr Tonfall ist fröhlich, aber es klingt, als könnte sie es selbst nicht fassen. Daß es wirklich geschehen ist. Daß so viele Jahre so schnell vergangen sind. Ich frage sie, ob sich die Mühe gelohnt hat. Die Schmerzen, die Windeln, das Frühstück, die Wäsche. »Ich hab all das nicht getan, weil es mir Spaß machte«, sagt sie. »Ich hab's aus Liebe getan.«

Drittes Kapitel

Meine alte Tante Miriam fristet ihr Dasein jetzt in einem Krankenhausbett im südlichen Oregon. Nur der primitivste Teil ihres Gehirns funktioniert noch. Ihr Dörrpflaumengesicht ist ausdruckslos. Sie wird durch einen Schlauch im linken Oberbauch ernährt. Jeden Winter bekommt sie eine Lungenentzündung, und jeden Winter überlebt sie. Fast alle sind sich darüber einig, daß es der Anfang von ihrem Ende war, als sie eines Nachmittags einen Teller Maisbrei nach meinem Vater warf.

Als junge Frau war Miriam mit ihrer dunklen Haut und dem seidigen schwarzen Haar bezaubernd schön. Ich lernte sie als Kind kennen, da hatte sie einen leichten Schnurrbart, den ich abstoßend fand, und lebte seit Jahrzehnten in Trauer. Die große Liebe ihres Lebens, ihr Mann Andrei, seines Zeichens Schneider, war acht Jahre nach der Hochzeit gestorben. Kinderlos und treu, wie sie war, heiratete sie nicht wieder. Sie verlagerte ihre Liebe auf ihre Brüder, auf deren Kinder und aufs Kochen. Die rumänische Küche war ihre Passion.

Mamaliga, ein Brei aus Maismehl, ist das rumänische Nationalgericht. Manchmal mit Käse zubereitet, wird *mamaliga* gekocht, bis sie fest ist, und dann auf eine Platte gestürzt, wo sie als dampfende goldene Halbkugel in der Tischmitte thront. Zerteilt wird sie traditionell mit einem Faden: Fast alle Rumänen – und sie nehmen es mit solchen Dingen sehr genau – mögen ihre *mamaliga* fest. Andrei aber, Miriams seliger Gatte, hatte sie lieber weich, wie Hafergrütze. Wenn mein Vater die *mamaliga* seiner Schwester vorgesetzt bekam, knurrte er: »Seit sie Andrei geheiratet hat, ist Miriam nicht mehr die alte.«

Mindestens einmal in der Woche kam Miriam zu uns, um zu kochen. Sie stand dann am Herd meiner Mutter, eine Hand auf der knochigen Hüfte, der ergrauende Haarknoten in Auflösung begriffen, und rührte schwere rumänische Gerichte in gußeisernen Töpfen. Sie wuchtete Brathühner mit Kohl ins Backrohr und holte sie wieder heraus. In süßer Butter briet sie mit Marmelade oder Sauerrahm gefüllte kleine rumänische Pfannkuchen. Unsere Gesichter glänzten von Schweiß, wenn wir Miriams Hausmannskost verspeisten.

Als meine Mutter und mein Vater sich ins Privatleben zurückzogen, beschlossen sie, Miriam bei sich wohnen zu lassen, in dem Haus, das sie sich im südlichen Oregon gekauft hatten. Sie wird alt, sagten sie. Sie hat niemanden, der sich um sie kümmert. Eine Zeitlang ging alles gut. Als ihren Beitrag zum Haushalt übernahm Miriam die Zubereitung sämtlicher Mahlzeiten. Meine Mutter ging in die Breite. Mein Vater ebenfalls. Miriam kochte mit der Zeit immer mehr, stand immer länger in der Küche.

»Wir mußten einen Gefrierschrank kaufen«, flüsterte meine Mutter bei einem nächtlichen Anruf aus Oregon. »Und der ist fast voll. Sie macht *mamaliga* zum Mittag- *und* zum Abendessen. Sie kocht ununterbrochen.«

»Das ist nicht mehr rumänisch, das ist schon rumanisch«, warf mein Vater ein.

Eines Nachmittags schließlich schmähte er ihre *mamaliga.* Er sagte, er bringe keinen Bissen mehr von dieser »Pampe« herunter. Und Miriam, dieses zierliche Persönchen, dem nie ein böses Wort über die Lippen gekommen war, verfluchte meinen Vater auf rumänisch, packte einen Teller »Pampe« und schleuderte ihn nach ihm.

»Er ist hinter mir an die Wand geklatscht«, erzählte mein Vater. »Und das Zeug ist runtergelaufen wie Pudding. *Richtige Mamaliga* wäre wie angeleimt klebengeblieben, mitsamt dem Teller.«

Mit Miriam ging es zusehends bergab. Ein paar Wochen später nahm sie sich die Fotoalben meiner Familie vor und schnitt mit einer Rasierklinge das Gesicht meines Vaters aus allen Bildern heraus. Meine Mutter ertappte sie auf frischer Tat, sie hielt Dutzende Schnipsel mit dem lächelnden Gesicht meines Vaters in der Hand. Monate später lief Miriam fort. Meine Eltern alarmierten den Sheriff. Man fand sie auf dem Parkplatz eines Rund-um-die-Uhr-Supermarkts, hinter einem Müllcontainer kauernd und nicht ansprechbar. In dieser Nacht weckte sie um drei Uhr früh meine Mutter auf. »Komm mit«, sagte sie. »Ich muß dir was zeigen.«

Sie führte meine Mutter aus dem Haus, durch den Garten und die Steintreppe hinunter zu dem seichten Flüßchen hinter dem Haus. Sie zeigte auf das schnellfließende dunkle Wasser und sagte zu meiner Mutter: »Siehst du, hierher habt ihr mich geschafft, nachdem ihr mich umgebracht habt. Ihr habt mich umgebracht und meine Leiche in den Fluß geworfen.« Meine Mutter fing an zu weinen. (»Meinst du, sie hat meine Gedanken gelesen?« fragte meine Mutter mich später erschöpft.)

Miriam ist jetzt seit über zehn Jahren dement. Bevor sie in ihren Dauerschlummer glitt, war sie jahrelang gewalttätig. Sie biß Schwestern. Sie warf mit ihrer Scheiße um sich. Sie sprang auf ihrem

Krankenhausbett auf und ab wie auf einem Trampolin. Ihre Vitalität versetzte alle in Erstaunen. Sie mußte fixiert werden. Sie hat meinen Vater und ihre beiden anderen Brüder überlebt.

Meine Mutter besucht sie noch heute, sie nimmt die lange Fahrt in die von hohen Kiefern umgebene Privatklinik auf sich. Dort, in dem sauberen weißen Zimmer, streichelt sie Miriam die Stirn und spricht mit ihr übers Wetter. Als sie neulich die Familienfotos durchsah, fand meine Mutter eines von Andrei und nahm es mit, als sie Miriam besuchte.

»Schau her«, sagte sie und hielt Miriam das Foto dicht vors Gesicht. »Das ist Andrei. Ich hab ein Bild von Andrei gefunden.«

Die Augen meiner Tante öffneten sich flatternd, blinzelten, versuchten sich scharfzustellen. Sie ächzte, sagte meine Mutter, bog unter großen Schwierigkeiten den Kopf auf das Bild hinab und küßte es ganz sanft und zärtlich.

Ich gieße Öl in eine Pfanne. Wenn das Öl heiß ist, streue ich einen Teelöffel Turmerik hinein. Das gelbe Pulver treibt Bläschen und wird dunkler. Ich schlage zwei Eier in die Pfanne. Wenn die Dotter gerade fest geworden sind, lasse ich die Eier auf einen Teller gleiten und gieße das übrige Öl darüber. Mit Pitabrot tunke ich zerfließenden Dotter und senfgelbes Öl auf. Es gibt nur wenige Augenblicke, in denen ich glücklicher bin. So etwas Einfaches kann schon genügen.

In meinem kuriosen kleinen Einwandererviertel kennt jeder Turmerik. Mein indischer Hauswirt nennt ihn *haldi* und sagt, er sei der wichtigste Bestandteil von Currypulver. »*Haldi* ist sehr gut für die Verdauung«, sagt mein Hauswirt und tätschelt sich mit beiden Händen seinen dicken, festen Bauch. Die Vietnamesin nebenan nennt ihn *nghe*. Sie sagt, sie macht sich manchmal *nghe*-Tee, und behauptet, davon bekommt sie eine schöne Haut. Drei Straßen weiter sitzt der griesgrämige chinesische Kräuterhändler, der mich noch nie leiden konnte, in seinem Laden und runzelt die Stirn, wenn ich hereinkomme. Er nennt Turmerik *wong geung*. Er will mir nicht verraten, wie man ihn in China verwendet. Der ernste Ladenbesitzer auf dem äthiopischen Markt sagt mir, daß in seinem Land Turmerik *erd* heißt und in Sauce für Hühnerfleisch verwendet wird. Der palästinensische Besitzer des nahöstlichen Lebensmittelladens sagt mir, Turmerik nenne sich im Arabischen *curcoom* oder in der Umgangssprache *arosh*, was »gelblich« bedeutet. Im Nahen Osten wird Turmerik wie in ganz Südostasien bei der Zubereitung von gelbem Reis, einem Festmahl, verwendet.

Obwohl der Turmerik aus Indien stammt, fand Marco Polo ihn in China und bezeichnete ihn dort als brauchbaren Ersatz für Safran. Achthundert Jahre später haben amerikanische und britische Wissenschaftler jetzt herausgefunden, daß Turmerik möglicherweise ein brauchbarer Ersatz für die Steroide ist, die zur Behandlung von Arthritis eingesetzt werden. Curcumin, die chemische Verbindung, die dem Turmerik seine kräftig gelbe Farbe verleiht, ist ein wirkungsvolles Mittel gegen Entzündungen. Die Forschung hat auch ermittelt, daß Curcumin offenbar Krebszellen dazu bringt, sich selbst zu töten. In einer Studie stellten Raucher mit Mundkrebs nach neunmonatiger Einnahme von Curcumin fest, daß ihre Geschwüre verschwanden. In anderen Studien wird der Einsatz von Curcumin für die Behandlung und Verhütung von Darm- und Brustkrebs getestet. In der britischen Presse tauchen immer wieder Berichte über »Curry: Das neue Wundermittel« auf.

Turmerik, ein Wurzelstock, sieht im frischen Zustand wie eine kleinere, struppigere Variante seines nahen Verwandten Ingwer aus. Kardamom, ein Vetter des Ingwers, beschwört mit seinem stechenden, eukalyptusähnlichen Aroma Wick Vaporub herauf, die Bronchitis der Kinderzeit, meine Mutter und auch den Nahen Osten, wo man Kardamom dem Kaffee beigibt. Turmerik ist weder pfefferminzartig kühl wie Kardamom noch würzig-scharf wie Ingwer. In Pulverform, wie er überwiegend auf den Markt kommt, besitzt er eine herbe, leicht bittere Schärfe, wie Senf.

Manchmal finde ich frischen Turmerik auf vietnamesischen und laotischen Märkten. Schneiden Sie den kleinen, knotigen Wurzelstock auf, und Sie sehen, daß er im Innern leuchtend karottenrot ist. Probieren Sie ein Stückchen, und Sie verstehen alle Warnungen, die Sie je über den Unterschied zwischen frischen und getrockneten Kräutern gehört haben, über die Unmöglichkeit, Lyrik zu übersetzen. Der Geschmack von frischem Turmerik braucht ein Weilchen, um sich auf der Zunge zu entfalten: Ein kräftiges, angenehm blumiges Aroma geht in einen komplizierten pinienartigen, pfeffrigen Geschmack über. Turmerikpulver vermittelt nur eine schwache Ahnung vom Geschmack der frischen Pflanze.

Letzte Woche las ich ein Buch mit ins Englische übersetzten Gedichten von Paul Celan. In seinen Anmerkungen erwähnt der Übersetzer, daß er bei der Übersetzung eines Gedichts, ausgerechnet meines Lieblingsgedichts, aus rhythmischen Gründen »daydream« statt »dream« geschrieben hat. Aber ein Tagtraum ist kein Traum. Ich hatte das Gefühl, daß ich keiner Zeile in dem Buch trauen konnte. Ich bezweifelte, daß ich auch nur eines der Gedichte wirklich verstehen würde. In ethnischen Kochbüchern wird oft ähnlicher Verrat begangen.

»Wenn Sie kein frisches Zitronengras bekommen«, versichert mir ein Thai-Kochbuch, »können Sie genausogut die getrocknete Variante nehmen. Kriegen Sie die auch nicht, nehmen Sie getrocknete Zitronenschale.«

Ich gebe einen Eßlöffel geriebenen frischen Turmerik in kochendes Wasser. Ich rühre eine Tasse Reis hinein und lege den dicht schließenden Deckel auf den Topf. Die Küche füllt sich mit dem Duft frischen Turmeriks. Das Telefon klingelt. Ein Freund verwickelt mich in ein Gespräch über Liebe. Wir sind verschiedener Meinung. Ich warte darauf, daß mein Reis gar wird. Mein Freund behauptet, ich sei noch nie wirklich verliebt gewesen, ich sei nur in die Idee des Verliebtseins verliebt gewesen.

Dergleichen mag ich mir nicht anhören, während ich mein Abendessen zubereite. Unter einem Vorwand lege ich auf. Ich häufle duftigen hellgelben Reis auf einen Teller. Ich mache auch oft Reis mit getrocknetem Turmerik, und ich mag ihn auch so, aber der Geschmack ist ganz anders. Während ich meinen Reis und mein Brathuhn esse, überlege ich, ob mein Freund recht hat. Ich *dachte*, ich sei verliebt. Ich *spürte*, daß ich verliebt war. Vielleicht gibt es ja eine tiefere, zärtlichere, lebendigere Liebe, die ich nicht erleben kann oder nie gefunden habe. In meiner unordentlichen Junggesellenküche ist es still. Aus dem Hahn tropft Wasser in die Spüle. Ich glaube, ich war doch verliebt. Es war vielleicht nicht das Gelbe vom Ei, aber doch nahe dran.

Viertes Kapitel

Immer wenn ich schwarzen Rettich esse, denke ich an Regen und Warten. Sie sind kein sonniges Gemüse. Sie gedeihen am besten in feuchtkühlem Klima und werden holzig, wenn man sie bei warmem Wetter noch in der Erde läßt. Sie sind eingefleischte Nordeuropäer, und ich selbst lernte sie in Paris kennen, einer Stadt, die einen Großteil des Jahres von tiefhängenden Wolken eingehüllt ist.

In einem besonders wolkenreichen Winter gingen eine gute Freundin und ich im peitschenden Regen über die schmalen schwarzen Trottoirs des elften Arrondissements zum Abendessen bei Sophie. Meine Freundin kannte Sophie seit ihrer Kindheit. Sophie wohnte abseits einer Hauptstraße in einem der uralten Hinterhöfe des Quartiers, den man durch eine massive Eichentür betrat. Manche Hinterhöfe in dem Viertel sind recht übersichtlich, andere labyrinthisch, aber alle waren dafür gedacht, Handwerker zu beherbergen. Werkstätten im Erdgeschoß, Wohnungen darüber. Weil diese Höfe hoch und schmal sind, ist es in ihnen oft dunkel. Moos auf dem Kopfsteinpflaster, Efeu an den Mauern.

Sophie war unglücklich verheiratet. Sie entstammte einer adeligen französischen Familie, hatte weder Ausbildung noch Arbeit und hatte einen Künstler geheiratet, einen vierschrötigen Normannen mit riesigen Händen und Füßen, der ein Trinker und Schürzenjäger war. Mit seinen gewaltigen normannischen Pranken hatte er die zum Hof gehende Wohnung im ersten Stock in eine gemütliche Künstlerbehausung verwandelt. Der einzige irreparable Fehler der Wohnung war ihr alter Holzboden, der sichtbar nach Osten abfiel, wodurch die Zimmer wie Gruselkabinette wirkten. Sophie und ihr Rohling von Mann hatten ein quengeliges, mondgesichtiges Kind produziert, dessen Spielsachen – Bälle, Autos, Wägelchen – ständig über den schiefen Dielenboden von ihm wegrollten, was wahrscheinlich dazu beitrug, daß der Junge so quengelig und frustriert war.

Genau wie das mondgesichtige Kleinkind mit Spielsachen lebten mußte, die sich ständig verkrümelten, so mußte auch Sophie mit einem Mann leben, der sich ständig zu verkrümeln drohte. An vielen Abenden saßen meine gute Freundin und ich mit Sophie an ihrem großen eichenen Eßtisch, den ihr normannischer Rüpel behauen, gebaut und poliert hatte. Während der kleine Junge kreischend hinter seinen abtrünnigen Spielsachen her krabbelte, schenkte uns Sophie mit Tränen in den Augen Burgunderweine ein und dachte laut darüber nach, ob und wann ihr Mann heimkommen würde. An manchen Abenden, wenn wir eine, manchmal zwei Stunden mit dem Essen gewartet hatten, kam er in seinen großen, nassen Stiefeln die Treppe heraufgetrampelt. An anderen kam er gar nicht. Meine Freundin nahm diese verspäteten Abendessen aus schwesterlicher Solidarität mit Sophie in Kauf. Ich nahm sie in Kauf, weil Sophie eine gute Köchin war.

Sophies Fatalismus nervte mich. Ich verstand nicht, warum sie sich nicht ihr mondgesichtiges Kind schnappte und auf das burgundische Château ihrer Familie floh, wo ihre Mutter Gobelins stickte und mit den reaktionärsten Strömungen des römischen Katholizismus liebäugelte. Sophies Mutter hatte ihr das Kochen beigebracht, und in meinen Augen wäre das Landleben, abgesehen vom religiösen Fundamentalismus, für den Kleinen besser gewesen. Sophie wollte nichts davon wissen. Sie zog das Leben in Paris dem undichten Dach und den zugigen Räumen des Châteaus vor. Außerdem, sagte sie, würde sie nie ihren Mann verlassen. Sie verließ ihn auch nicht. Er verließ sie.

Wenn wir abends so mit ihr dasaßen und warteten, stellte sie immer dünne Scheiben Schwarzbrot auf den Tisch, das sie in einem polnischen Feinkostgeschäft gekauft hatte, dazu einen Tontopf mit *»radis noir«*, wie sie ihn nannte, schwarzem Rettich, den sie gerieben und mit Sauerrahm verrührt hatte. Sie bestrich die Schnitten mit Butter, gab mit dem Löffel ein wenig Rettich darauf, schnupperte und gab sie uns mit dem Satz: *»C'est bon pour le foie.«* »Das ist gut für die Leber.« Wir schnupperten ebenfalls. Schwarzer Rettich ist fast so scharf wie Meerrettich – die Franzosen verwechseln die beiden oft und nennen schwarzen Rettich *raifort* statt *radis noir*. Sophie kannte den Unterschied. Ihr schwarzer Rettich mit Sauerrahm verhinderte, daß uns der Magen knurrte, während aus der Küche der Duft von gebratenem *poulet de Bresse* oder ihrer *blanquette de veau* herüberwehte.

Sophie lehrte mich die Zubereitung von schwarzem Rettich. »Nimm auf keinen Fall fettarmen oder gar Sahnejoghurt anstelle des Sauerrahms. Dann wird er wäßrig, und du fragst dich, wozu du dir überhaupt die ganze Mühe gemacht hast.«

(»Dort bist du in Sicherheit«, sagten die Eltern zu Oliver Saks an dem Morgen, als sie ihn im Krieg aus London auf ein Internat auf dem Lande schickten. Seine Tante umarmte ihn und gab ihm eine seiner Lieblingsspeisen – einen schwarzen Rettich. Schon das Aussehen dieses Gemüses läßt an muffige Feuchtigkeit und Verarmung denken – rauh, grob, pechschwarz. Der Junge, aus dem später ein weltberühmter Neurologe wurde, stand auf einem vernieselten Bahnsteig und hielt etwas in der Hand, das wie ein nasser Kohleklumpen aussah.)

Unter Sophies Augen legte ich alles zurecht – drei häßliche schwarze Rettiche, Sauerrahm, Olivenöl, einen Zitronenschnitz, Salz und schwarzen Pfeffer. Dann mußte ich die Rettiche schälen und fein reiben, dazu kamen vier bis fünf Teelöffel Sauerrahm, »Wenn du magst, auch mehr«, drei Eßlöffel Olivenöl und ein Spritzer Zitronensaft. Schließlich noch Salz und frisch gemahlener Pfeffer. »Laß es ziehen. Die Mischung kann sehr scharf werden, aber das kann man abmildern, indem man mehr Sauerrahm hineingibt.« Später verteilte sie den Rettich auf mit Butter bestrichenen dünnen Schwarzbrotscheiben.

Im August dieses Jahres steckten junge Einwanderer in Pariser Vorstädten Autos in Brand und griffen die Polizei mit Leuchtpistolen und Axtstielen an. Die Regierung zögerte. Es war von »null Toleranz« die Rede. Im August ist Paris ziemlich entvölkert.

Touristen strömen in die Innenstadt. Jeder Pariser, der dazu in der Lage ist, fährt in ein Haus auf dem Land oder am Meer oder zur Erholung nach Spanien, Florida oder Marokko. Die Daheimgebliebenen laufen durch eine verlassene Stadt. Am 15. August, Mariä Himmelfahrt, bleiben die meisten Geschäfte geschlossen. Man kriegt nur schwer Brot, geschweige denn eine Einladung zum Abendessen.

Im leeren Pariser August lernte ich die Familie Morand kennen – Freunde von Freunden, die erfahren hatten, daß ich allein war und nicht recht wußte, was ich mit mir anfangen sollte. Zwei der drei Morand-Kinder hatten Wohnungen in der Stadt. Die Eltern unterhielten einen Landsitz anderthalb Stunden von Paris. Lucie, die älteste Tochter, rief mich an und lud mich ein, das Wochenende im Landhaus ihrer Eltern zu verbringen. Ich schaute in das nördliche Zwielicht hinaus und sagte, ich würde mich freuen.

Unser Zug fuhr durch graue Außenbezirke. Wohnblocks im Sowjetstil ragten über trostlosen engen Straßen auf. Junge Schlägertypen aus Einwandererfamilien stolzierten durch diese Straßen, mit kleinen Äffchen auf den Schultern, nach Piratenart.

Die Morands hatten einen großen Garten. Lucies Vater hatte Fußwege angelegt, die sich durch Weingärten und zwischen Birnenspalieren hindurchschlängelten. Außerdem hatte er eine mit Kies bestreute, von Buchsbaumhecken umgebene kleine Terrasse angelegt, auf der wir manchmal aßen. Unsere Mittag- und Abendessen begannen mit *paté de foie gras*, Gänseleberpastete. Später, im Winter, als ich die Morands schon besser kannte und man auf den Märkten ganze Gänselebern kaufen konnte, braisierte Madame Morand manchmal eine oder zwei und servierte uns nach Moschus duftende dicke Scheiben mit Toast.

Viele Jahre zuvor hatte ich auf einem Bauernhof bei Bordeaux einmal zugesehen, wie ein Bauer eine Gans stopfte. Mit einer Zigarette zwischen den Lippen war der Mann in schlammigen schwarzen Gummistiefeln auf sein schreiendes Opfer zugestapft. Mit einer Hand packte er die Gans am Hals, mit der anderen spreizte er ihr gewaltsam den gelben Schnabel. Er steckte dem sich windenden Vogel einen langen Trichter in den Schlund und schüttete eine ansehnliche Portion Milch und gemahlenen Mais hinein. Durch diese brutale Zwangsernährung, die mehrere Monate lang dreimal täglich stattfand, bekam die Gans eine *foie gras*, eine fette Leber. Ich wußte damals noch nicht, daß Alkoholismus und Diabetes bei Menschen eine ähnliche Störung hervorrufen, die sogenannte Fettleber. Ich wußte nur, daß *foie gras*, mit dem gleichen Fettgehalt wie Butter, gut schmeckte, und ließ mir mein Behagen nicht durch das Mißgeschick einer anderen Kreatur verderben.

Freitags am Spätnachmittag fuhren Lucie und ich und manchmal auch ihre jüngere Schwester Hélène mit dem Zug aufs Land zu den Eltern Morand. Hervé, der Bruder, den Lucie als Genie bezeichnete, lebte in Belgien und kam nur selten nach Paris. Hélène meinte, Hervé komme mit den Eltern nicht klar.

Französische Familien sind nicht die hermetischen Einheiten, als die sie Ihnen vielleicht geschildert wurden. Sie sind offen für Außenseiter, besonders Amerikaner, die ein beeindruckbares Publikum für Familiendramen abgeben und interessanten neuen Stoff für Klatschgeschichten bieten. Die Morands schlossen mich, glaube ich, ins Herz, weil ich so gerne aß. Das taten sie auch, vielleicht mehr als die meisten ihrer Landsleute. Man erzählte mir, das Genie Hervé habe sich einmal zu Weihnachten als Form der Auflehnung gegen seine Eltern betrunken und eine ganze Gänseleber verspeist. Er stand nackt im eiskalten Garten und schrie, er werde absichtlich die Abschlußprüfung an der höheren Schule schmeißen. Hervé, so vertraute mir Lucie an, sei immer »sehr leidenschaftlich«.

Obwohl ich mir Mühe gab, kam ich nicht dahinter, warum die Morands unglücklich waren. Der Vater, ein erfolgreicher Anwalt, bewirtete mich immer gern mit gutem Wein und Cognac. Die Mutter strickte mir einen marineblauen Wollpullover. Aber auf der Rückfahrt nach Paris vertraute mir Lucie einmal an, daß Hélène als knapp über Zwanzigjährige mehrere Selbstmordversuche unternommen hatte. Hervé tat in Brüssel offenbar nicht viel mehr, als zu trinken und Stücke zu schreiben, die nie aufgeführt wurden. Er heiratete nie. Er hatte nie eine Freundin. Einmal packte Lucies Mutter sie beim Abendessen am Handgelenk und fragte mich und mehrere andere Gäste: »Hat Lucie nicht die Hände einer alten Jungfer?«

Lucies Mutter kümmerte sich um den Haushalt. In ihrer freien Zeit strickte sie oder bemalte Keramik. Beim Stricken oder Malen hörte sie obskure Radiosender, in denen über die schlechten Grammatikkenntnisse junger Leute geklagt oder angedeutet wurde, daß die extreme Rechte vielleicht doch ein paar gute Argumente habe. Lucies Mutter mochte Paris nicht. »Es ist nicht mehr das, was es einmal war«, sagte sie. »Seit dem Krieg.«

Hervé bin ich nur einmal begegnet, als er zu Ostern aus Brüssel kam. Beim Sonntagsessen gab es Spannungen im Zusammenhang mit der *foie gras*. Monsieur Morand spielte auf Hervés Ausrutscher an, und Hervé stürmte ins Wohnzimmer, wo er sich betrank und sich mehrmals hintereinander Polanskis *Ekel* ansah. Lucie stellte sich in die Tür und bat ihn mehrmals sehr liebevoll, sich doch bitte wieder an den Tisch zu setzen. Hélène stocherte niedergeschlagen in ihrem Essen.

Ich weiß nicht mehr, wie oder warum ich den Kontakt zu den Morands verlor. Immer wenn ich *foie gras* aß, mußte ich an sie denken. Allerdings ließ ich mich durch einen gemeinsamen Freund auf dem laufenden halten. Lucie heiratete einen Arzt und bekam ein Kind. Hélène heiratete zweimal und wurde zweimal geschieden. Dann rief mich einmal im Januar ein gemeinsamer Freund an, um mir mitzuteilen, daß Hervé sich in Brüssel die Pulsadern aufgeschnitten hatte. Lucie, meinte der Freund, sei »völlig fertig«. Ich dachte laut über die Schwermut der Morands nach.

»Ach, weißt du«, sagte der Freund, »diese Familie hat schon immer Schwierigkeiten gehabt.«

Was denn für Schwierigkeiten, wollte ich wissen.

»Lucie hat Hervé vergöttert. Nur einem Blinden konnte das verborgen bleiben. Wenn du es nicht gewußt hast, hättest du es zumindest ahnen müssen, daß Lucie und Hervé als Teenager ein Liebespaar waren.«

Die Europäer, vor allem die Franzosen, behaupten, sie verstünden sich besser darauf, den Geschmack der Zeit zu genießen – alten Käse, alten Wein, schimmlige *pâtés*, Wildbret, das man abhängen läßt, bis es fast in Verwesung übergeht. Aber wir haben unsere neuweltlichen Speisen aus den schmutzigen Händen der Geschichte empfangen. Die glänzende Avocadofrucht ist uralt.

Sie wurde schon um 6000 v. Chr. im mexikanischen Tehuacantal angebaut. Trotz der Ähnlichkeit mit *avogado*, der spanischen Form von »Advokat«, stammt das Wort Avocado von *ahuacatl*, dem aztekischen Wort für »Hoden«. Wenn Sie vor dem Fernseher sitzen und sich den Super Bowl anschauen, entspricht die Guacamole, die Sie mit Tortillachips essen, genau der *ahuaca mulli*, einer von den Azteken zubereiteten Avocadosauce.

Die Azteken liebten auch Truthahn und Ente,

Tomaten und dickliche nackte Hunde mit Hängebacken. Ihre größten Krieger und reichsten Kaufleute bezahlten manchmal dafür, daß ein Sklave auf dem Tempel geopfert wurde. Man bot sein noch zuckendes Herz den Göttern dar und warf dann den Leichnam des Unglücklichen die vielen Stufen des Tempels hinab. Er landete zu Füßen von Priestern, die dort bereitstanden, um ihn in Stücke zu hacken. Sie verteilten das Fleisch in kleinen Portionen an die Angehörigen und Freunde des Kriegers oder des Kaufmanns, die daraus Mencheneintopf kochten. Nichts besonders Raffiniertes. Nur Wasser, Mais und eine Prise Salz.

Zimperliche Menschen unserer Zeit, die sich über Kalbfleisch aufregen und sich Sorgen darüber machen, daß Football die Gesellschaft verrohen läßt, können sich nur schwer in die aztekische Küche zurückversetzen. Wir wissen, daß jede Kultur ihre eigenen, spezifischen Kochkünste entwickelt und daß sich im Lauf der Jahrhunderte die Vorlieben und Abneigungen wandeln. Nur selten machen wir uns bewußt, daß es auch gemeinsame Genüsse gibt wie beispielsweise Guacamole.

Hin und wieder, so scheint es, zog ein aztekischer Priester einem Menschenopfer die Haut ab und verwendete sie als Tanzkostüm. Für den aztekischen Laien war das nichts Besonderes. Die gleichen Gaumen, denen Menschenfleisch schmeichelte, genossen auch die Avocado. Sie wußten, daß ihre Blätter, wenn man sie röstete, einen würzigsüßen Geschmack hatten, und dieses Aroma fügten sie der Guacamole hinzu. Das weiche grüne Fruchtfleisch brauchte zur Geschmacksabrundung etwas Saures wie Limette oder Tomate und vielleicht auch etwas Pikantes wie gehackte … Zwiebeln und zerstoßenen Koriander. Jahrhunderte später weiß unser Gaumen diese Kombination immer noch zu schätzen. (Die spanischen Eroberer gewöhnten sich an *ahuaca mulli*, und sie aßen auch gern mit Zucker bestreute Avocado.)

Spanische Brutalität trat an die Stelle aztekischer Brutalität, ausländische Korruption verdrängte die einheimische. Schließlich verschwanden sogar die Spanier; sie vermischten sich mit den Resten der aztekischen Bevölkerung. Riesige Kirchen wurden gebaut, wo einst die Tempel standen. Niemand erinnerte sich mehr, wie Mencheneintopf schmeckt. Heute gehen wir am Super-Bowl-Sonntag in den Supermarkt und kaufen ein paar teure mexikanische Avocados und Tortillachips. Die Zuschauermenge auf dem Fernsehschirm tobt. Auf dem Bildschirm gehen bullige Männer aufeinander los. Wir stellen die Guacamole auf den Couchtisch, und ein paar Minuten später ist sie weg.

Fünftes Kapitel

Fleur du maquis, ein Schafkäse aus Korsika, sieht aus wie etwas, das ein Tier im Wald vergraben hat. Er ist kompakt, rund, halbweich und von zottigem grauem Schimmel sowie scheinbar von Dreck und Stückchen von Zweigen bedeckt. *Fleur du maquis* sieht aus wie etwas, das allenfalls ein beherzter Mensch mit einem Stöckchen untersuchen würde.

Der Name bedeutet soviel wie »Blume aus dem Buschwald«, denn *maquis* heißt im Französischen »Buschwald«. Mit *prendre le maquis*, »sich in die Büsche schlagen«, meinen die Franzosen »in den Untergrund gehen« – der Maquis war die französische Untergrundorganisation, die der deutschen Besatzung Widerstand leistete. Der *maquis* im Namen des Käses bezieht sich nicht auf die berühmte, wenn auch erfolglose, französische Résistance, sondern auf den Buschwald, der große Teile Korsikas überzieht.

Napoleon war Korse, und nach der Schlacht

bei Marengo im Jahr 1800 schrieb er an Josephine: *»Ne te lave pas. Je reviens.«* »Wasch dich nicht. Ich komme heim.«

Zwei Wochen vergingen, bis Napoleon in Paris eintraf. Die Schlacht bei Marengo fand Mitte Juni statt, und um diese Jahreszeit ist es in der französischen Hauptstadt warm und feucht: Napoleon bat also Josephine, buchstäblich im eigenen Saft zu schmoren. Die Franzosen mögen es, wenn ihre Frauen – und ihr Käse – reif sind. (Auch heute noch verbrauchen die Franzosen weniger Seife und baden seltener als alle anderen Europäer.)

»Der Geruch ihrer Achselhöhlen entfesselte im Nu das Tier im Manne.« Das schrieb der französische Romancier Joris-Karl Huysmans über eine seiner Heroinen. Das Geheimnis der tierentfesselnden Achseln dieser Frau war ein bakterieller Prozeß, wie er ganz ähnlich auch in reifendem Käse abläuft. Was Napoleon und Huysmans erregte und was jeden Liebhaber pikanten Käses erregt, ist der Geruch von Gärung. (*Fleur du maquis* ist auch als *brin d'amour* bekannt, Liebeshappen.)

Wenn ein Käse wie *fleur du maquis* altert, setzen Mikroorganismen eiweißspaltende Enzyme frei, die dafür sorgen, daß der Käse weich wird und schließlich läuft. Chemische Nebenprodukte dieser Zersetzung verleihen dem reifen Käse seinen Geruch und sein Aroma. Zur Käseherstellung werden viele Arten von Mikroorganismen verwendet, und jede verrichtet ihr Werk auf eine etwas andere Weise. Einem mit dem Penicillin verwandten Schimmelpilz, *Penicillum candidum*, verdankt der Camembert seine charakteristische Konsistenz und sein Aroma; *Brevibacterium linens* bewirkt das gleiche beim Limburger.

Das Aroma von jungem *fleur du maquis* beruht weitgehend auf den Kräutern in seiner Kruste. Erst später, wenn der elfenbeinfarbene Teig zerläuft, hat dieser Käse einen strengen, aber nicht unangenehmen Geruch nach Ammoniak. Aber auch bei höchster Reife kann sich der *fleur du maquis* nicht mit dem elsässischen Münsterkäse messen, der im reifsten Zustand, wenn seine rötliche Oberfläche Risse bekommt und der weiche Teig sichtbar wird, wie ein Stall an einem heißen Sommertag riecht.

Dieser Stallgeruch rührt zum Teil von Ammoniak her, das durch bakterielle Prozesse entsteht. Ammoniak ist in tierischen und menschlichen Exkrementen vorhanden und wurde vor vielen Jahrhunderten im Tempel des Jupiter Ammon in Libyen aus Kameldung destilliert. Unsere Nasen sind besonders empfindlich für Ammoniak und andere Nebenprodukte bakterieller Zersetzung wie etwa diejenigen, die Achselgeruch verursachen. Das

Jacobson-Organ – zwei winzige Vertiefungen am vorderen unteren Ende der Nasenscheidewand – registriert besonders die von Napoleon so geliebten Düfte und leitet die Informationen an die urtümlichsten Teile des Gehirns weiter.

Der Geruch von reifem Käse ist so überwältigend, weil er, tief drinnen, all unsere Assoziationen mit Fruchtbarkeit und Verfall, Sex und Tod weckt. (Der französische Anthropologe Claude Lévi-Strauss berichtet von amerikanischen Truppen in der Normandie, die im Krieg eine Höhle voller reifendem Roquefort in Schutt und Asche legten, weil sie den Geruch fälschlich für den verwesender Leichen hielten.) Der Fairneß halber sei erwähnt, daß nicht alle Franzosen eine Vorliebe für streng riechenden Käse haben. Aber ich kannte einmal eine junge Pariserin, die immer erst am Wochenende auf den Marché d'Aligre nicht weit von der Bastille ging, weil dann die Waren der Käseverkäufer am reifsten waren. Sie kaufte stets mehrere kleine Laibe Münsterkäse, und wenn man an einem ihrer Einkaufstage in ihrer Wohnung wartete und der Wind günstig stand, konnte man es riechen, wenn sie die dunkle Wendeltreppe heraufkam. Den Käse servierte sie immer am Schluß ihrer abendlichen Essenseinladungen am Wochenende. Als sei das Aroma des weichen Münsterkäses nicht schon durchdringend genug, stellte sie jedesmal auch noch ein Schälchen Kreuzkümmel dazu. Empfindlichere Gäste wandten sich dann angewidert und mit hervorquellenden Augen vom Tisch ab und hielten sich die Serviette an die Nase: »Um Himmels willen!« »Was ist das für ein Gestank?« Ihr war das egal. Sie schmierte einen Batzen Münsterkäse auf ein Stück Baguette, streute Kreuzkümmel darauf und lächelte. *»Qu'est-ce que c'est bon!«* »Mmm, köstlich!« Sie war ein sinnlicher Mensch, aber wohl auch ein bißchen sadistisch veranlagt.

Ich kam erst nach einer ganzen Weile dahinter, daß sie überaus geschickt darin war, mit vier oder womöglich noch mehr Freunden gleichzeitig zu jonglieren. An einem regnerischen Februarnachmittag entdeckte ich in ihrem von schweren Vorhängen abgedunkelten Schlafzimmer eine Plastiktüte mit mehreren männlichen Unterhemden, allesamt ungewaschen. Als ich sie darauf ansprach, blieb sie ganz ruhig, als sei es völlig normal, eine Sammlung schmutziger Unterhemden im Schlafzimmer zu haben. Sie zog eines nach dem anderen aus der Tüte und sagte: »Das ist von Fabrice, das von Jean-François«, und so weiter. Von mir war keins dabei.

An zwei Abenden in der Woche ging ich zum Essen in ein Café an der Rue de Charonne. Ein bürgerliches kleines Lokal mit dicht beieinander stehenden Tischen und weißen Papierservietten. Die Plastik-Speisekarten klebten. Die altmodische Bar war aus echtem Zink. Wenn man an einem der mit Spitzengardinen dekorierten Fenster des Cafés saß, sah man auf die Straße hinaus und konnte das Treiben dort draußen beobachten – am frühen Abend vor allem Männer und Frauen, überwiegend Büroangestellte, die von der eine Straße entfernten Métrostation Charonne nach Hause gingen.

Ich mochte dieses Café, weil es sein Brot aus einer benachbarten Bäckerei bezog, einer der wenigen in Paris, die noch gutes Brot backten. Die Bäkkerei hatte gleich hinter der Ladenkasse eine Falltür im Boden, aus der der Bäcker wie ein bemehlter Schachtelteufel auftauchte, ein Bündel Baguettes in der Beuge seines behaarten Arms. Außerdem ging ich in dieses Café, weil man dort guten Couscous bekam. Der Koch arbeitete in einer Küche, die nicht größer war als eine Abstellkammer. In den Pausen setzte er sich an einen der kleinen Tische, rauchte, trank schluckweise Kaffee und unterhielt sich mit dem Besitzer des Cafés und mit Djamal, dem Neffen des Besitzers, der die Bar machte und an den Tischen bediente. Die Männer waren Kabylen, Angehörige einer Volksgruppe in Algerien, die eine Berbersprache spricht. Sie mochten mich und waren freundlich zu mir, und ich fühlte mich bei ihnen gut aufgehoben.

Djamal war ein stolzer Kabyle. »In Algerien werden wir unterdrückt«, sagte er. »Dort sind wir Bürger zweiter Klasse.« Die Hälfte der fünfhunderttausend Algerier in Frankreich seien Kabylen. Er sagte mir, daß Couscous ein berberisches, kein arabisches Wort sei. Und er sagte mir, daß der Koch für die Zubereitung von Couscous den befeuchteten Gries an der Seitenwand einer Schüssel reibt. Nach dem Dämpfen seien diese handgemachten Kügelchen im Gegensatz zum maschinell hergestellten Couscous leichter und, so Djamal, »leichter verdaulich«.

Zu Beginn aß ich immer Buttersalat mit einer Vinaigrette, die ich mit Krustenstücken von dem guten Brot des Cafés auftunkte. Djamal machte jedesmal eine kleine Zeremonie daraus, wenn er mir eine Platte mit Rosinen bestreuten Couscous vorsetzte und eine Schüssel mit Hammelfleisch, Kichererbsen, Zwiebeln und Kohlrabi dazustellte, alles in einer stark duftenden klaren Brühe schwimmend. Auf meinem Teller baute ich einen flockigen Berg Couscous, schöpfte Brühe darüber und garnierte ihn mit Fleisch und Gemüse. Zufrieden mit meinem Werk, wedelte ich mit dem Finger und bat Djamal um eine Karaffe Rosé. Er und sein Onkel sahen mir höflich beim Essen zu.

An einem Abend, an dem nicht viel los war, blieb Djamal an meinem Tisch stehen. Er fragte mich, ob mir der Couscous schmecke. In demselben beiläufigen Tonfall fragte er mich, ob ich Jude sei.

»Ich will nicht indiskret sein«, sagte er. »Aber in Frankreich müssen wir alle zusammenhalten.« Die Franzosen machten keinen Unterschied zwischen algerischen Kabylen und algerischen Arabern oder zwischen Arabern, Kabylen und Juden. *»Ici, nous sommes tous des étrangers.«* Hier sind wir alle Ausländer.

Die Frau, die den Waschsalon bei mir um die Ecke betrieb, war Serbin. Der Gemüsehändler gegenüber war Marokkaner. Eine indische Familie aus Mauritius besaß den Eisenwarenladen des Viertels. Im Flur meines Hauses flüsterte mir ein Nachbar am Vorabend von Rosch HaSchana zu: *»Schanah towah!«*, ein gutes neues Jahr, auf hebräisch. Ich muß überrascht dreingeschaut haben.

»Meine Frau dachte, Sie seien Jude«, sagte er. »Ich war mir nicht sicher. Wenn Sie nicht wissen, wo Sie morgen abend hingehen sollen, würden wir Sie gern zum Essen einladen.«

Fünf Minuten von meinem flüsternden Nachbarn entfernt lag die Place Léon Blum, benannt nach dem Premierminister, dessen einjährige Amtszeit 1936 in Frankreich Haß auslöste. Ein Stückchen weiter entfernt war der Marais, der »Sumpf«, das alte Judenviertel der Stadt. Von den fünfzigtausend Juden, die dort vor dem Krieg lebten, hat nur jeder Zehnte überlebt. An der äußersten Spitze der Île de la Cité, einer winzigen Insel in der Seine nicht weit vom Marais, steht ein Mahnmal für die Deportierten. Ich habe es mir nie angesehen.

An einem kalten Abend sah ich beim Verlassen der Station Charonne einen Berg von Blumen vor einer Gedenktafel, die mir nie aufgefallen war. Die Tafel erinnert an den Tod von neun Menschen, die im Februar 1962 bei einer Demonstration gegen den Algerienkrieg umgekommen sind. Die Polizei hatte eine Gruppe Demonstranten angegriffen, die sich daraufhin in die Métrostation flüchten wollten. Die Opfer waren in der Panik entweder totgetreten oder von der Polizei erschlagen worden. Das war nicht klar. Es war deshalb nicht klar, weil zu der Zeit Maurice Papon Polizeipräfekt von Paris war, ein Mann, der im Krieg die Verfügungen unterzeichnet hatte, aufgrund deren 1560 französische Juden nach Auschwitz deportiert wurden.

Papon hatte eine ungewöhnliche Laufbahn. Am Abend des 17. Oktober 1961 hatte er zehntausend Polizisten in der Innenstadt von Paris zusammengezogen, um die Algerier auseinanderzutreiben, die für die Unabhängigkeit Algeriens demonstrierten.

»Die Polizei hat getan, was sie tun mußte«, sagte Papon damals.

Was die Polizei damals tat, war folgendes: Sie tötete zweihundert Männer und Frauen, von denen sie einigen den Schädel mit Pflastersteinen zertrümmerte und andere aus nächster Nähe erschoß. Die Polizei warf Leichen in die Seine, die bis nach Rouen abgetrieben wurden.

Wenn ich meinen Stadtplan von Paris anschaue, sehe ich genau, wo ich einmal gewohnt habe. Ich sehe die enge Sackgasse, an der meine Wohnung lag, und, nicht weit davon entfernt, die Place Léon Blum. Dahinter fängt der Marais an. Mit dem Finger fahre ich die Rue de Charonne nach. Ich kann mir Djamals Café vorstellen. Als ich vor einigen Jahren noch einmal dort war, hatte sich nicht viel verändert. Djamals Onkel und der Koch hielten ein gemütliches Schwätzchen. Djamal war nirgends zu sehen.

»Er ist nach Chicago gegangen, mit einem Stipendium«, erzählte mir sein Onkel. »Er möchte Ingenieur werden. Er ist einfach weg, aus heiterem Himmel. Er war wie ein Sohn für mich.«

Sechstes Kapitel

Sie sind ein ungleiches Paar. Der eine ist ein dunkler Schwarzer, über einsachtzig groß, mit Dreadlocks bis zur Hüfte. Der andere ist jünger, klein, Kambodschaner. Er hat kein linkes Auge. Diese Gesichtshälfte sieht aus, als sei sie geschmolzen und mit unbeholfenen Daumen neu modelliert worden.

Jeden Morgen gegen sieben schiebt der Schwarze seinen Einkaufswagen aus der Gasse auf die Straße hinaus. Er pfeift. Nach etwa einer Minute pfeift der junge Kambodschaner zurück und kommt im nächsten Moment lächelnd um die Ecke. »Frank, o Frank. Mein Freund«, sagt er. Die beiden beginnen ihren Tag.

Sie machen immer dieselbe Runde. Sie starten in der Gasse hinter meinem Haus. Während ich meinen Kaffee trinke und die *Los Angeles Times* lese, höre ich sie. Grunzend hievt Frank den Jungen in Müllcontainer, die er dann nach Aludosen, Glas- und Plastikflaschen durchwühlt.

»Sing mir was vor, Frank«, sagt der Junge aus der Tiefe des Containers.

»Okay, Little Man.« Frank räuspert sich, spuckt aus. Mit seiner klaren Tenorstimme singt er *Precious Lord.* Little Man wirft Dosen und Flaschen aus dem Container. Eine nach der anderen knallen sie aufs Pflaster. Frank sammelt sie ein, räuspert sich erneut und singt *Proud Mary.* Mit einem Drahtkleiderbügel klopft er den Rhythmus auf die Containerwand, während Little Man im Müll wühlt. *Rollin', row-holin' on the river.* Tapp-tapp-tapp.

Bis gegen elf haben sie mehrere schwarze Müllsäcke voller Flaschen und Dosen an Franks Einkaufswagen gebunden und fahren damit zu einem Recycling Center acht Straßen weiter. Wenn sie zurückkommen, kaufen sie sich in einem kleinen Laden nicht weit von meinem Haus eine große Flasche Bier. Sie setzen sich in den Schatten einer Garage am Ende unserer Gasse. Sie trinken. Vom Alkohol animiert, kommt Little Man in Stimmung. Er erzählt Frank von einem Mädchen mit großen Titten, das er gesehen hat. Frank trinkt ausgiebig aus der Flasche. »Scheiße«, sagt er, »du redest doch bloß Scheiße. Du hast noch nie was zum Vögeln gehabt.« Er reicht Little Man die Flasche, der blinzelt mit seinem heilen Auge in die Sonne und sagt: »Irgendwann.« Er trinkt, muß husten. Bier sprüht aus seiner Nase.

»Paß doch auf, dafür ist das Scheißzeug zu schade«, sagt Frank und streckt die Hand nach der Flasche aus.

Im Ökosystem meines Viertels sitzen Little Man und Frank nie auf dem trockenen. Auch viele mexikanische Einwanderer leben hier. Die meisten arbeiten als Tagelöhner auf dem Bau. An Wochentagen stellen sie sich nach Feierabend vor dem Laden an der Ecke an und kaufen kistenweise Bier. Sie kümmern sich nicht um Recycling. Das Leergut werfen sie in die Müllcontainer hinter den überfüllten Mietshäusern, in denen sie wohnen. Frank und Little Man verkaufen es und legen das Geld wieder in Bier an.

An den Sonntagen geht es besonders feuchtfröhlich zu. Die Mexikaner stehen früh auf und gehen zur Messe. Danach stehen sie in weißen Hemden, Bluejeans und blitzblank geputzten Schuhen neben ihren vor den Häusern geparkten Pickups. Aus Radios plärren Liebeslieder. Sie trinken ein Bier nach dem anderen und torkeln zum Laden an der Ecke, Nachschub holen. Im Vorbeigehen sage ich zu meiner Nachbarin, einer Mexikanerin, daß mir die Männer leid tun, so weit weg von ihren Frauen und Kindern. Sie lacht. »Wo ich herkomme in Mexiko, sind die Männer auch immer am Sonntagnachmittag sinnlos betrunken auf dem Stadtplatz herumgelungert. Das ist das einzige, was sie interessiert, am Sonntag mit ihren Kumpels Bier trinken. Ihre Frauen und Kinder sitzen zu Hause. Die Männer. Es sind immer die Männer, stimmt's?«

Montags und am Tag nach einem wichtigen Basketball- oder Football-Spiel im Fernsehen haben Frank und Little Man immer Hochkonjunktur. Dann gehen sie oft in den Laden an der Ecke. Sie liegen hinter der Garage auf der Gasse und unterhalten sich verträumt. Little Man fuchtelt beim Reden mit den Händen. Er dreht sich auf die Seite, um Frank anzusehen, der brabbelt, kichert, rülpst. Mit einem Finger wischt Little Man etwas – Schmutz?, einen Grashalm? – von Franks Nasenspitze.

Frank, das weiß ich, schläft hinter einer Oleanderhecke im Garten einer uralten Frau, die sich ein Dutzend Katzen hält. Little Man gehört zu einer Großfamilie, die ein paar Straßen weiter zwei Wohnblocks belegt. Manchmal sehe ich Little Mans Vater, um die Hüften einen Batiksarong gegürtet, auf dem Weg zum Laden an der Ecke, um sich Mentholzigaretten zu kaufen. Vier oder fünf kleine Mädchen wimmeln um seine Knie. Im Laden zupfen sie an seinem Sarong und betteln auf englisch, daß er ihnen Kaugummi kauft.

Vor einiger Zeit, mitten in einer Woche, in der es keine großen Spiele im Fernsehen gegeben hatte, sah ich, wie Frank und Little Man sich an der Ecke gegenüber meiner Wohnung trafen. Der Morgen war warm. Die Sonne schien auf Franks schwitzende Stirn. Als Little Man auftauchte, hielt Frank eine große Flasche Bier hoch wie ein Athlet einen Pokal. Little Man rannte auf ihn zu. Er lachte. Er war so glücklich, daß er nach Franks freier Hand griff. Frank zog sie zurück. »Laß das«, sagte er. »Komm mir bloß nicht mit diesem Schwulenmist.«

Mein Freund Reza rief aus Los Angeles an, um mit mir über den Ausgang der Wahl im Iran zu sprechen. Er war begeistert, weil die Reformer so gut abgeschnitten hatten, doch ein paar Minuten später löste sich sein Enthusiasmus in Melancholie auf. Die Wahlen waren nur ein Vorwand, um über das Leben im Exil zu reden.

»Als ich klein war, kam ich auf dem Heimweg von der Schule immer durch die Gasse, die zu unserer Straße führte. Es war eine sehr enge Gasse in einem typischen kleinbürgerlichen Viertel im Zentrum von Teheran. Die meisten Häuser zweigeschossig, weiß, beige, grau. Manche Familien dekorierten die Fassaden ihrer Häuser mit kleinen Keramikfliesen. Und wenn ich unsere Straße erreicht hatte, hörte ich die vertrauten Geräusche: Geschirrgeklapper, Leute, die sich unterhielten, Leute, die sich stritten. Die Geräusche unserer Nachbarn. Die Küchenfenster gingen alle auf die Straße. Und wenn ich mich unserem Haus näherte und Safranduft aus unserer Küche kam, wußte ich, daß ein besonderer Gast zum Abendessen kommen würde – ein Onkel, eine Tante, so jemand.

Der Grund, warum ich den Safran riechen konnte, war folgender: Immer, wenn man etwas besonders Gutes, etwas Ausgefallenes kochte, machte man das Küchenfenster auf, damit die Nachbarn es riechen konnten. War es etwas, das besonders gut roch, mußte man den Nachbarn einen Teller davon bringen. Safran machte was her, mit Safran konnte man renommieren. Er bedeutete, daß man wohlhabend war oder daß man Besuch erwartete. Im Iran bekommt der Gast immer von allem das Beste. Das beste Bett. Die beste Decke. Das beste Essen. Und weil Safran teuer war, verwendete man ihn nur, wenn man für Gäste kochte. Reiche Leute aßen ständig Safranreis, aber in unserem Viertel konnte man sich das höchstens einmal in der Woche leisten.

Safrangeruch erinnerte mich deshalb immer an

die freudige Erwartung, die mich erfüllte, wenn ich von der Schule nach Hause kam. Heute erinnert er mich an den Iran. Die Iraner glauben, daß iranischer Safran der beste ist, noch besser als der aus Spanien. Die Perser haben schon immer mit Safran gekocht. Er war schon immer etwas Besonderes. Die Moguln, die den Iran eroberten, nahmen den Safran mit, als sie Indien eroberten, und so kam der Safran nach Indien. Meine Mutter röstete die Safranfäden immer und zerstieß sie mit einer Prise Zukker in einem Mörser. Sie vermengte den Safran mit Butter und goß ihn dann über den Reis. Sie liebte die Farbe, und wenn Gäste kamen, reichte sie, Gott segne sie, immer gern Reis in drei Farben. Sie färbte ihn mit Spinat oder mit Gewürzen. Drei Farben für den Reis, zwei für Fleisch und Gemüse. Und je einen Teller voll bekamen unsere Nachbarn – unsere rückwärtigen Nachbarn und unsere Nachbarn zur Rechten.

Es war Brauch, daß man, wenn man den leeren Teller zurückbrachte, eine Blume darauflegte, meist eine Rose. Jeder hatte einen kleinen Garten, und in jedem wuchsen Rosen. Immer wenn unsere Nachbarn uns Essen brachten, schickte mich meine Mutter sofort in den Garten, als sei es ein Notfall. ›Schnell, lauf, und hol eine Rose!‹ Die Sache duldete keinen Aufschub.

Als wir gerade erst nach Los Angeles gezogen waren, backte meine Frau eines Tages ein süßes Brot aus Hefeteig mit Eiern, Butter und Zucker. Es roch herrlich, als es im Ofen war, und um nett zu sein, brachte ich unseren Nachbarn auf dem Flur gegenüber etwas davon. Sie schienen ehrlich überrascht. Am nächsten Tag stellten sie uns den leeren Teller einfach vor die Tür. Sie klopften nicht an. Sie bedankten sich nicht. Sie stellten uns einfach den Teller hin. Ich konnte es nicht fassen.

Wahrscheinlich hätte ich mir sagen müssen, daß ich neu in diesem Land war und nichts voraussetzen durfte. Aber ich ärgerte mich, und als ich tags darauf den Nachbarn, den Ehemann, auf dem Parkplatz traf, sagte ich: ›Also wissen Sie, was Sie da gemacht haben, war ja nicht gerade besonders stilvoll.‹ Er fragte: ›Was meinen Sie denn?‹ Ich sagte ihm das mit dem Teller, aber er meinte nur: ›Na ja, wir wollten nicht stören, da haben wir ihn einfach hingestellt.‹

Das war meine erste Lektion über Nachbarschaft in Amerika. Sie hinterließ einen sehr schlechten Nachgeschmack. Vielleicht war ja nur dieser eine Mann so, diese Familie. Vielleicht waren sie einfach nur blöd. In dem Krankenhaus, in dem ich arbeite, bin ich schon ein paarmal ›Kameltreiber‹ genannt worden, und das ist lächerlich, weil wir im

Iran überhaupt keine Kamele haben. Jetzt kenne ich meine Nachbarn überhaupt nicht. Wir reden nie miteinander. Und wenn ich was Schönes koche, was richtig Gutes, und Safran dazu nehme, dann setzt in meinem Hinterkopf diese instinktive Reaktion ein, und ich denke: ›Vielleicht sollte ich den Nachbarn was davon bringen.‹ Aber ich tue es nie. Ich weiß nicht, wie sie reagieren würden. Ich weiß nicht mal, ob es ihnen schmecken würde. Safran ist jetzt nur noch was für uns und unsere Gäste.«

Siebtes Kapitel

Als wir neulich den Waldbrand hatten, ließ ich am Morgen das Küchenfenster offen. Ich stand auf der Veranda, versunken in meine eigenen kleinen Probleme, starrte in die gelbliche Morgendämmerung hinaus und beobachtete, wie etwas, was wie Schnee aussah, auf meinen Rasen herabrieselte, und da erst merkte ich, daß im Osten die Berge brannten. Ich trank meinen Kaffee und fand, daß er komisch schmeckte. Asche von viertausend Hektar Salbei und Mesquit, die dreißig Meilen entfernt brannten, hatte den Weg in meine Tasse gefunden.

Asche gegessen hatte ich das letzte Mal vor etlichen Jahren in Jerusalem, als Teil meiner Mahlzeit vor Tisha B'Av, dem neunten Tag des Monats Av, der in den Hochsommer fällt. Der erste Tempel und der zweite Tempel wurden an Tisha B'Av zerstört. Im Bar-Kochba-Aufstand gegen die Römer fiel die letzte jüdische Festung ebenfalls an diesem Tag, im Jahr 135 n. Chr. Genau ein Jahr später wurde das

Land, auf dem der zweite Tempel gestanden hatte, umgepflügt. Im Jahr 1492 bestimmte der spanische König Ferdinand den Tisha B'Av zum letzten Tag, an dem Juden noch auf spanischem Boden geduldet wurden. Am Tisha B'Av begann der Erste Weltkrieg, das notwendige Vorspiel zum Zweiten. Am Tisha B'Av kasteit man sich von Sonnenaufgang bis Sonnenuntergang, indem man nichts ißt, nichts trinkt und nicht badet. Man sitzt auf einem niedrigen Hocker oder auf dem Boden. Die ganz Frommen schlafen mit einem Stein als Kopfkissen. Am Abend zuvor ißt man ein gekochtes Ei, das man vorher in Asche gewendet hat. Man geht in die Synagoge und liest bei Kerzenlicht die Klagelieder Jeremias.

Ein französischer Käse mit dem Namen *morbier* hat in der Mitte einen dünnen Streifen geschmackloser Asche. Die Asche trennt angeblich die Morgenmilch von der Abendmilch, und dieser Käse ist meines Wissens einer der wenigen Fälle, in denen es angenehm ist, Asche zu essen. Ich erinnere mich an eine Studie über Menschen mit ungewöhnlichen Eßstörungen, die einmal im *New England Journal of Medicine* veröffentlicht wurde. Bei einem Mann, der zwanghaft Aschenbecher ausleckte, wurde Eisenmangel festgestellt. Etwa zur selben Zeit, als die Studie erschien, las ich von einem Mann namens

Carlos in Chico, Kalifornien. Die Polizei hatte Carlos festgenommen, weil er die eingeäscherten Überreste von vier Menschen entwendet und aufgegessen hatte. Vielleicht hatte er ja auch Eisenmangel, aber Carlos selbst sagte aus, er habe gehofft, der Verzehr der Asche werde ihm zu »ewigem Leben« verhelfen. (Die brasilianischen Yanomami-Indianer verbrennen ihre Toten und verspeisen die Asche mit Bananenpaste.)

In der hebräischen Bibel spielt Asche eine wichtige Rolle. Immer wieder werden die Menschen daran gemahnt, daß sie für ihre Missetaten irgendwann in Sack und Asche gehen werden, ein Zeichen der Reue. In den Psalmen schreibt König David, seine Tage seien »vergangen wie Rauch«. Vielleicht trauerte er um Absalom, seinen widerspenstigen Sohn. David schreibt, in seinem Kummer habe er »Asche wie Brot« gegessen. Und der bedauernswerte Hiob, von der Sohle bis zum Scheitel mit Schwären bedeckt, setzt sich in die Asche. Seine Frau rät ihm: »Segne Gott und stirb.«

Der Waldbrand in den Bergen ist gelöscht. Ein dünner Aschefilm überzieht das Minigewächshaus neben der Garage. Es wird kein leuchtendes Abendrot mehr geben. Ich finde Asche in der Schale mit Äpfeln, die ich neben dem Küchenfenster stehen habe. Ich fahre mit dem Finger durch das weiße Pulver und koste es. Obwohl es sich um die eingeäscherten Überreste von Eichhörnchen oder Eidechsen handeln könnte, schmeckt das Pulver nach nichts.

»Darum weine ich so, und meine beiden Augen fließen mit Wasser, daß der Tröster, der meine Seele sollte erquicken, ferne von mir ist.«

Wir lasen diese Worte, als wir auf dem kalten Steinboden im Studiensaal der Talmud-Schule knieten, die ich besuchte. Die Kerzen, die wir hielten, flackerten. Um mich herum weinten junge Männer laut ob der lange zurückliegenden Zerstörung Jerusalems. Ich war damals jünger, im Glauben fest und durchaus noch fähig, anderen Kummer als meinen eigenen wahrzunehmen.

Irgendwo, vielleicht in Gregor von Rezzoris *Denkwürdigkeiten eines Antisemiten*, las ich von einem Bukarester Juden, der rohen Knoblauch aß. Mein Vater, ein Siebenbürger, tat das auch immer. Er aß zu jedem Abendessen drei bis vier rohe Knoblauchzehen, die er liebevoll schälte und ganz fein aufschnitt. Mit dem Messer balancierte er ein Scheibchen Knoblauch über jeder Gabel Schmorbraten, Brathuhn oder Lammkotelett, die er zum Mund führte. »Himmlisch.« Er schnalzte mit den Lippen und seufzte. Dann kniff er meine Mutter so in den Schenkel, daß sie zusammenzuckte. »Himmlisch, Liebste.«

Knoblauch war nicht immer so amerikanisch wie heute. 1971 begann Alice Waters im Chez Panisse in Berkeley, Kalifornien, gebackene Knoblauchknollen und frische, noch warme Brotlaibe als Vorspeise zu servieren. Damals wurde etwas so Schlichtes als kulinarische Offenbarung gefeiert.

Berkeley. Die Bewegung für Meinungsfreiheit. Die Schwarzen Panther. César Chávez. Alcatraz. Der Sechstagekrieg. Die plötzliche militante Aufwertung alles Ethnischen. Es brauchte schon eine kleine Revolution, um dem Knoblauch Eingang in die bürgerliche amerikanische Küche zu verschaffen. Die Vorurteile gegen Knoblauch sitzen tief. Im Hindu-Kastensystem, das auf uralte arische Traditionen zurückgeht, ist Knoblauch den drei höchsten Kasten – den Brahmanen, den Kshatriya und den Vaishya – verboten. In religiösen hinduistischen Texten wird Knoblauch der Nahrungskategorie zugeordnet, die als *rajasic* oder leidenschaftlich bezeichnet wird, und Leidenschaft ist vermutlich etwas, was die höchsten Kasten, und diejenigen, die nach Erleuchtung streben, meiden sollten. (Im Iran – ebenfalls ein arisches Land – wird Knoblauch relativ selten und sparsam verwendet.) Bei den alten Griechen war Knoblauch etwas für Soldaten, Tagelöhner und Ruderer. Bessere Leute fanden seinen Geruch abstoßend. In Amerika galt Knoblauch lange als minderwertig, er wurde mit heißblütigen Ausländern, leidenschaftlichen und zügellosen Völkern wie den Franzosen, Italienern und Juden in Verbindung gebracht. (In 4 Mose 11,5 trauern die Israeliten dem Knoblauch nach, den sie als Sklaven in Ägypten gegessen haben.)

Die knoblauchscheuen Eliten hatten wahrscheinlich gar nicht so unrecht. Biochemiker haben vor kurzem herausgefunden, daß bestimmte chemische Stoffe im Knoblauch die Bildung von Stickoxidsynthase anregen, einem Enzym, das vor allem für die erektile Funktion beim Mann zuständig ist. Gesteigerte männliche Libido läßt Anarchie befürchten: ungewisse Vaterschaft, verwirrende Erbansprüche, rassische Vermischung, verwischte Klassengrenzen. Hochgesinnte könnten die These aufstellen, daß die Popularität von Knoblauch in Amerika mit der sexuellen Befreiung zugenommen hat. Das erste Gilroy Garlic Festival wurde 1978 veranstaltet. Ein Jahr danach stöhnte sich Discodiva Donna Summer durch *Love to Love You, Baby.*

Ich möchte dagegen die These aufstellen, daß es der Knoblauch war, der meinen Eltern zu einer so langen glücklichen Ehe verholfen hat. Ende der sechziger und Anfang der siebziger Jahre ließen sich die – in puncto Knoblauch abstinenten – Eltern vieler meiner Spielkameraden scheiden. Meine Eltern blieben ineinander verliebt. Ich sehe die beiden immer vor mir – allein zu zweit, für sich. Da ich in Südkalifornien geboren und aufgewachsen bin, sind das subtropische Erinnerungen – meine Mutter im leichten, luftigen Sommerkleid, mein Vater in Hemdsärmeln, sie gehen ein Stück vor mir her, unterhalten sich leise, lachen.

Ich glaube, es gibt noch andere Gründe, warum der Knoblauch etwas so Intimes ist. Schneidet, hackt oder zerdrückt man Knoblauch mit bloßen Händen, wird man den Geruch nur schwer wieder los. Knoblauchgeruch im Atem hält sich stundenlang. Knoblauch markiert den Esser, so wie manche Tiere Bäume oder Nester mit ihren Duftsekreten markieren. Der Vergleich ist nicht weit hergeholt: Die geruchsbildenden Stoffe im Knoblauch enthalten Schwefelverbindungen ähnlich denen, die sich in tierischen Duftstoffen und, mit Verlaub, auch in Darmgasen und Exkrementen finden. Diese Verbindungen, sogenannte Mercaptine, sind auch in der Durian enthalten, der asiatischen »Stinkfrucht«, deren cremiges süßes Fleisch nach Kloake riecht. Angesichts dessen, was dem Knoblauch nachgesagt wird, überrascht es nicht, daß die Durian angeblich das geschlechtliche Verlangen weckt. Die Javaner sagen: »Wenn die Durians fallen, folgen bald auch die Sarongs.«

Ich erinnere mich noch gut an die Aura von Knoblauch, die der Eßteller meines Vaters ausstrahlte. Ihm wurde immer zuerst aufgetan – das beste Stück Braten, die Hühnerbrust, das größte Lammkotelett gehörten ihm. Sobald ihm aufgetan war, begann er mit seinem Knoblauchritual, und der Geruch zog über den Tisch zu mir her. »Was kann ich dir sonst noch bringen?« fragte meine Mutter ihn dann, die Hand auf seiner Schulter. Auf dem Weg in die Küche oder zurück blieb sie stehen, um seinen Scheitel zu küssen. War das Essen ganz besonders gut, dann drückte er ihr mittendrin einen fettigen Kuß auf die Wange. »Du hast dich wieder mal selbst übertroffen, Schatz.« »Dein Schnurrbart«, lachte sie, »der kitzelt.«

Mein Vater ist jetzt tot und kalt, und wie alle Toten ist er offenbar fest entschlossen, es auch zu bleiben. Es ist noch nicht lange her, da erschien er meiner Mutter in einem Traum, der sie verstörte. »Er war nicht der schöne Mann, den ich in Erinnerung habe. Ich habe jede Falte, jede Runzel, jeden Altersfleck auf seinem Gesicht gesehen. Er sah schrecklich aus«, erzählte sie mir. »Natürlich, Ma«, sagte ich. »Er ist tot. Schlechter kann man nicht aussehen.«

Mir erscheint er nicht im Traum, aber der Knoblauchgeruch meiner Finger erinnert mich an ihn und damit auch daran, daß ich ihn verloren habe. Schweflig, vielleicht ein bißchen peinlich, erinnert mich der Geruch an die Liebe.

Achtes Kapitel

Es regnet. Meinem Almanach zufolge kommt das um diese Jahreszeit nicht vor. Die Luft riecht nach nassem Asphalt und Erde. Das Licht am Nachmittag ist trübe. Ein Kohlweißling, *Pieris rapae*, auffällig in dem trüben Licht, gaukelt durch meinen Garten hinter dem Haus. In großen Bögen flattert der Falter durch meinen geliebten Garten, in dem sich die regenschwere Rucola zur Erde biegt.

Ein Windstoß bringt den Kohlweißling ins Taumeln. Seine filigranen Flügel täuschen darüber hinweg, was für ein rücksichtsloser Geselle er ist. Der Kohlweißling läßt sich auf meinem Rucolabeet nieder. Er krümmt seinen Körper zu einem Apostroph und legt auf jedem Blatt ein winziges raketenförmiges Ei ab. Mir versetzt es einen Stich. In sieben Tagen werden aus den Eiern samtiggrüne Raupen schlüpfen und zu fressen anfangen. Sie werden schmausen, bis von meiner Rucola nichts mehr übrig ist. Wieder einmal.

Es liegt in der Natur des Kohlweißlings, zu mampfen und zu vernichten. Abgesehen hat er es auf die Kreuzblütler, jene Pflanzenfamilie, zu der der Kohl und eben auch die Rucola gehören. Kreuzblütler enthalten Senföl. Wenn sie sich mit Kreuzblütlern vollgeschlagen haben, sind die Kohlweißlinglarven deswegen für Raubfeinde ungenießbar. Immer, wenn ich versuche, Rucola anzubauen, erscheinen die Kohlweißlinge. Ich bin fassungslos über ein solches Ausmaß an Hartnäckigkeit. Ich könnte ja Insektizide einsetzen, aber die haben noch nie viel genützt.

Das Fressen liegt in der Natur des Kohlweißlings, und in meiner Natur liegt es, Rucola anzubauen. Ich baue sie wegen einer Blondine an, die ich einmal gekannt habe. Sie war ein schönes Mädchen mit literarischen Ambitionen. Sie neigte zu Depressionen. Ihre Haut und ihr Haar hatten einen angenehmen, vage an Chlor erinnernden Geruch. Auch ihre Augen ließen an Wasser denken. Die Farbe kennt man von Postkarten aus Hawaii: die klaren Untiefen, wo früher einmal Inseln waren. Sie schwamm gern. Im Sommer schlich sie sich in bessere Hotels ein und legte sich an den Pool.

Hinterher rief sie mich an und schlug vor, gemeinsam zu Abend zu essen.

»Kauf Lammkoteletts«, sagte sie immer. »Lammkoteletts. Und Rucola als Salat. Ich liebe Rucola.«

In ihrer Wohnung gab es einen weiß emaillierten Herd. Während sie auf mich wartete, heizte sie den Grill vor. Sie begrüßte mich an der Tür, mit Schweißperlen auf Nase und Hals. In einer Hand hielt sie einen Gin Martini. Wodka, meinte sie, bringe sie zum Schwitzen. Hinter ihr in der warmen, dunklen Wohnung lief irgendeine Platte. Vielleicht Mama Cass mit *Dream a Little Dream of Me.*

Ich wusch den Rucola, und sie schaute zu. Dann steckte ich die Blätter in einen Kissenbezug, ging damit hinaus und schwenkte ihn über dem Kopf. Ich machte den Rucola mit Olivenöl und Zitronensaft an, manchmal auch mit zerkrümeltem Blauschimmelkäse. Liebevoll rieb ich die Lammkoteletts mit Knoblauch ein. Während sie auf dem Grill brutzelten, tanzten die Blondine und ich. Dann aßen wir hingebungsvoll. Meistens.

Nach dem Essen zog sie ihre langen Finger durch das Olivenöl am Boden der Salatschüssel. Und leckte sie ab. An manchen Abenden, später, mit ihrer Hand auf meiner Brust, sprach sie mit leiser Stimme über Geld. Sie brauchte Geld. Sie konnte nicht mit Geld umgehen, das wußte sie. Der Hauswirt saß ihr im Nacken. Die Telefongesellschaft ebenso. Sie roch nach Lamm, Knoblauch und senfigem Rucola.

Die Zeit verging. Ihre Einladungen zum Abendessen wurden spärlicher. Ab und zu trafen wir uns noch in der Stadt auf ein paar Drinks. Einmal sah ich sie, da war sie mit einem Mann zusammen, einem brasilianischen Anwalt mit glatt nach hinten gekämmtem Haar. Sie wirkte glücklich.

Ein paar Wochen später rief sie mich spätabends an. Sie hatte sich mit dem Brasilianer gestritten.

»Dabei hab ich ihn bloß um ein Darlehen gebeten. Ich versteh nicht, wie ein so reicher Mann so knickrig sein kann. Vielleicht ist das in Brasilien so. Dritte Welt. Du weißt schon, übertriebene Angst vor Verarmung. Ich weiß nicht. Na jedenfalls, er ist weg.«

Ich hörte, wie sie sich eine Zigarette anzündete und ausatmete.

»Ich hab gerade einen Shaker Martinis gemacht. Eiskalt. Hast du Lust, auf einen Drink rüberzukommen?«

Der Feinkostladen, in den ich manchmal gehe, verkauft vorgewaschenen Rucola in Plastiktüten. Wenn ich ihn kaufe, ist es wie eine Niederlage. Mit der nötigen Pflege müßte es ein Kinderspiel sein, Rucola selbst anzubauen. Vielleicht habe ich dieses Jahr Glück. Vor einiger Zeit sah ich die Blondine in einem Feinkostladen. Sie stand an der Fleischtheke und kaufte Lammkoteletts. Ich wollte mich verdrücken, aber unsere Blicke trafen sich. Sie war schlanker geworden. Sie hatte keine Falten im Gesicht. Sie habe geheiratet, sagte sie. Einen Architekten. Und sie sei »richtig häuslich« geworden. Sie wog die Lammkoteletts in der Hand. Sie mußte weg. Abendessen machen. Für Freunde.

Juan schläft auf meiner Couch. Ich kenne ihn, seit ich ein junger Mann war. Sein Leben und meines haben verschiedene Richtungen genommen. Gestern abend hat er an meine Tür geklopft. »Tut mir leid, dich zu stören. Ich muß bei dir übernachten.«

Tags zuvor, erklärte er, hatte er an der Grenze fünf Stunden in der Schlange gestanden.

»Die Einwanderungsbeamten müssen jeden Namen in einen Computer eintippen. Aber sie können nicht tippen. Sie brauchen ewig. Die haben Angst, daß Terroristen ins Land kommen. Die Araber sind schuld, daß ich leiden muß.«

Er sagt, er sei müde und hungrig. Ich frage ihn, ob er schon mal thailändisch gegessen habe. Er sagt nein. Ich sage, ich sei gerade dabei gewesen, Abendessen zu machen, einen pikanten Rindfleischsalat namens *laab*. Die Zutaten habe ich im Kühlschrank.

Ich mixe uns einen Drink aus Tequila, Tomatensaft, Limettensaft und Kreuzkümmel. Wir trinken und reden über alles außer dem 11. September. Juan kommt aus einer Familie mit zehn Kindern, die von Durango nach Tijuana übersiedelt ist. Er selbst hat drei Kinder. Er arbeitet bis tief in die Nacht in einer Restaurantküche in San Diego. Wir sehen uns nicht oft. Seine Familie ist so groß, daß er immer Geschichten zu erzählen hat.

»Meine zweitjüngste Schwester, Maria Jesús, ist eigentlich gar nicht meine Schwester. Sie ist meine Nichte. Die Frau meines ältesten Bruders hat ihn und Maria Jesús verlassen, als Maria Jesús noch ein Baby war. Meine Eltern haben sie zu sich genommen und sie wie eine Tochter aufgezogen. Vor drei Monaten taucht auf einmal ihre Mutter in Tijuana auf. Einfach so. Aus dem Nichts. Sie hat Maria Jesús seit dreißig Jahren nicht mehr gesehen. Sie bittet Maria Jesús, mit ihr nach Durango zu kommen. Und Maria Jesús willigt ein. Wir haben nichts mehr von ihr gehört.«

Er erzählt das alles mit ausdrucksloser Miene, dann lacht er in dem hohen Falsett, in das mexikanische Männer verfallen, wenn sie über etwas Absurdes lachen. Gemeinsam machen wir uns an die

Zubereitung des *laab.* Wir sitzen am Küchentisch und schneiden Zitronengras, Zwiebeln, Minze, Koriander und kleine grüne Chilis.

»Die Sachen kenne ich alle«, sagt Juan. »Die haben wir auch in Mexiko.«

Ich zeige ihm mein bestes Thai-Kochbuch, Su-Mei Yus *Cracking the Coconut.* Er blättert es durch und zeigt auf ein Bild von Klebreis in Bananenblättern. »So was Ähnliches machen wir auch in Mexiko. Ein Tamale, in Bananenblätter gewickelt.«

Besonders interessant findet er, daß in so vielen Rezepten Chili vorkommt. »Die Thais«, sagt er, »müssen teilweise von Mexikanern abstammen.«

Das Geben und Nehmen ist uralt. Chilis sind in Mittelamerika beheimatet. Portugiesische Händler brachten sie Anfang des sechzehnten Jahrhunderts nach Asien. (Koriander dagegen, der in der mexikanischen und der asiatischen Küche verwendet wird, stammt aus dem Mittelmeergebiet.) Das Ergebnis dieses Austausches ist, daß man irgendwo in Mexiko auf den Markt gehen kann und mit wenigen Ausnahmen alle rohen Zutaten bekommt, die man für ein anständiges Thai-Gericht braucht.

Juan fragt, ob er telefonieren darf, und ruft seine Familie in Tijuana an. Ich drehe Lendensteak durch den Fleischwolf, dünste es, besprenkle es mit Fischfonds und Limettensaft. Juan erfährt, daß seine siebzig Jahre alte Mutter ins Krankenhaus eingeliefert worden ist. Sie hatte Atemprobleme. Juans Kinn zittert. Er sagt, er hat Angst, nach Tijuana zurückzufahren, es ist fast unmöglich, die Grenze zu überqueren. Er sagt, er will seinen Job nicht verlieren. Er legt auf und starrt das Telefon an.

Ich vermenge das Rindfleisch mit Kräutern, Zwiebeln und Chili. Ich bestreue es mit geröstetem Reispulver. Juan nimmt sich zweimal nach. Er bittet um mehr Chili. Er sagt: »Dieser Salat würde meiner Mutter schmecken. Du mußt nach Tijuana kommen und ihn für sie machen.«

Ich spüle das Geschirr. Juan schaltet die Nachrichten ein: Krieg und Kriegsgerüchte. Er nimmt meinen Atlas aus dem Regal, studiert die Weltkarte und zieht mit dem Finger eine Linie von Afghanistan nach New York und weiter nach Tijuana. Er blättert die großen Seiten um bis zur Karte von Mexiko und kichert, als er die Kleinstadt in Durango findet, aus der er ist.

Er fragt, ob er eine Zeitlang bei mir bleiben kann, bis man wieder leichter über die Grenze kommt. Ich sage, er kann gern bleiben, solange er möchte. Er duscht, dann legt er sich auf die Couch. Ich gehe zu Bett. Die ganze Nacht höre ich, wie er aufsteht und den Fernseher einschaltet. Er schaut die Nachrichten. Gegen drei Uhr morgens ist es ruhig im Haus, und Juan beginnt zu schnarchen.

Schwitzend warf ich mich auf meinem Bett in einem überheizten Londoner Hotelzimmer hin und her. Draußen regnete es. Drinnen zischte die Dampfheizung. Am Abend hatte ich in einem Restaurant namens Grumbles gegessen. Stunden danach kamen die ersten Übelkeitsattacken. Sie tobten bis zum Morgen. Klamm und mit weichen Knien fuhr ich zum Bahnhof. Ich wollte meine Freundin Leorah und ihre Eltern besuchen.

Leorah und ich hatten mehrere Jahre in Jerusalem zusammengearbeitet. Sie war eine intelligente, leidenschaftliche junge Frau. Um für die Sache der Juden in Rußland zu demonstrieren, hatte sie sich mehrmals vor einer russischen Botschaft anketten lassen. Oft hatte sie gesagt: »Wenn wir jemals beide gleichzeitig in England sind, mußt du mich bei meinen Eltern in Manchester besuchen. Das wird lustig.«

Leorahs Vater begrüßte mich an der Tür. Buschige graue Brauen überschatteten seine Augen, die dadurch streng und raubvogelhaft wirkten.

»Falls Leorah es nicht erwähnt hat«, sagte er und

rieb die Handflächen aneinander, »wir führen einen vegetarischen Haushalt. Wir essen keinerlei Fleisch. Lassen Sie sich das gesagt sein.«

Er musterte mich, als hätte er den Verdacht, daß ich ein paar Kilo Rindfleisch in meinem Rucksack mitschleppte. Ich hatte den Verdacht, daß er ein Spinner war.

Der Talmud lehrt, daß Land einen Charakter hat, eine Individualität, die jeweils aus dem ureigenen Boden kommt. Das Land überträgt seinen Charakter auf die, die dort leben und arbeiten, und das ist der Grund, weshalb zum Beispiel die New Yorker anders sind als die Bostoner, die Franzosen anders als die Italiener. Manchester ist seit Anfang des neunzehnten Jahrhunderts eine Hochburg fanatischen Vegetariertums, es gibt dort sogar eine Anzahl »Fructarier« oder »Fruchtesser«, die sich ausschließlich von pflanzlichen Produkten ernähren, die die Natur »freiwillig« hergibt, zum Beispiel Fallobst. (Die Kerne spucken sie gewissenhaft aus, um nicht in den Lebenszyklus der Pflanze einzugreifen.)

Wie Blei in alte Wasserleitungen war Manchester nach und nach in Leorah und ihre Eltern eingesickert.

Ihre Mutter nahm mir den Mantel ab. »Na, dann wollen wir Ihnen mal was zum Mittagessen geben.

Wir wär's mit einer schönen großen Schüssel von meinem berühmten Kleiemüsli mit rohen Früchten?«

Wir saßen am Küchentisch. Vor mir stand eine schöne große Schüssel von dem Zeug, das Leorahs Mutter in ihrer Küchenmaschine zusammengemixt hatte. Ananas, Karotten, Äpfel, Orangen, Walnüsse und jede Menge Kleie. (Aber kein Honig. »Das ist *Diebstahl* an den Bienen«, zischte Leorahs Vater.) Leorah, ihre Mutter und ihr Vater starrten mich an. Das schaumige, sämige Müsli war so reich an Ballaststoffen, daß sich selbst eine Termite schwergetan hätte, es zu verdauen.

»So ist's recht«, sagte Leorahs Vater. »Essen Sie auf. Es ist genug da!«

Kleie besteht im wesentlichen aus Spelzen, den beim Mahlen entfernten Schalen der Getreidekörner. Kleie hat einen hohen Gehalt an Ballaststoffen. Ballaststoffe zeichnen sich vor allem durch Unverdaulichkeit aus. Sie scheuern an den Darmwänden wie Stahlwolle. Ich hätte auf allen vieren eine ganze Wiese abgrasen können und auch nicht mehr Ballaststoffe aufgenommen, als in dieser einen Schüssel Müsli von Leorahs Mutter enthalten waren. Die Wirkung ließ nicht lange auf sich warten.

Kalter Schweiß kitzelte mich an der Stirn.

»Komm, wir gehen ein bißchen spazieren«, sagte Leorah.

Eingemummt in Mantel und Schal, wanderten wir durch den strömenden Regen von Manchester. Wir gingen durch Arbeiterviertel, wo blasse Kinder ganze Tüten fettiger Kartoffelchips mampften. Der Regen, ständig dieser Regen. Bei dem dumpfen Grollen handelte es sich nicht um Donner, sondern um das Kleiemüsli, das sich durch meine Eingeweide fraß. Leorah führte mich in die Schule, die sie besucht hatte, und ich nutzte die Gelegenheit, um eiligst die Toilette aufzusuchen. Ich preßte die Stirn an kühle Fliesen und betete im stillen: »Hilf mir, Gott. Bitte hilf mir.«

Der Weg zurück war der längste meines Lebens. Wir kamen gerade rechtzeitig zum Abendessen. Gemüsesuppe. Ein Salat aus rohem Blumenkohl und Karotten. Und viele dicke Scheiben getoastetes Kleiebrot. Hinterher setzten wir uns ins überheizte Wohnzimmer. Mein Bauch war aufgebläht und stramm wie eine Trommel. Ich lockerte meinen Gürtel. Ich lehnte mich auf der Couch weit zurück. Der Regen prasselte an die Fensterscheiben. Leorahs Vater setzte zum Sprechen an.

»Ich werde nie den Tag vergessen, an dem ich mit angesehen habe, wie ein Lamm zur Schlachtbank geführt wurde. Es war so fügsam. So unschuldig. Völlig ahnungslos, was gleich mit ihm geschehen würde.«

Ich dachte daran, wie ich mich vor ein paar Stunden in aller Unschuld und Ahnungslosigkeit dem Haus dieses Herrn genähert hatte, und empfand Mitgefühl mit dem Lamm. Leorahs Vater fuchtelte mit den Händen. Er nannte Fleisch »Aas«. Er wollte wissen, warum ich Aas esse, warum irgend jemand bereit sei, Aas zu essen. Hilfesuchend sah ich Leorah an. Ich sah ihre Mutter an. Sie standen beide unter dem Bann der hysterischen Suada des Vaters. Ich spürte, daß eine gewaltige Gasblase sich ihren Weg durch meine Eingeweide bahnte. Ich war bleich vor Schmerz. Ich lehnte mich noch weiter auf der Couch zurück. Die Toilette war nur ein paar Schritte entfernt, das wußte ich, aber sie hätte genausogut in Brasilien sein können. Leorahs Vater räsonierte weiter über Aas, widerwärtiges, abstoßendes, ekliges Aas.

»Und Sie essen *Gewalt*«, lamentierte er. »Wenn Sie Aas essen, essen Sie *Furcht* und *Gewalt*!«

Mir war tatsächlich so, als hätte ich eine Menge Furcht und Gewalt gegessen. Wenn ich jetzt nicht sofort handelte, würde das Lamm auf dem Weg zur Schlachtbank nicht mehr lange das Schrecklichste sein, was Leorahs Vater je gesehen hatte. Ich sprang auf, rannte zur Toilette und zog schon im Flur den

Reißverschluß auf. Mir war alles egal. Ich knallte die Tür zu, und mir wurde explosive Erlösung zuteil.

Am nächsten Morgen setzte mir Leorahs Mutter schon wieder eine große Schüssel Kleiemüsli mit rohen Früchten vor. Wenn ich nicht abreiste, so viel war klar, würde das mein sicherer Tod sein. Ich dachte mir einen Grund aus, warum ich sofort nach London zurück müsse. Leorah und ihre Eltern ließen mich ungern ziehen. Als ich schon eine ganze Weile im Zug saß, durch noch dichteren Nieselregen fuhr und jeden Stoß des Waggons in meinen überreizten Gedärmen spürte, entdeckte ich, daß Leorahs Mutter mir ein Abschiedsgeschenk mitgegeben hatte. Heimlich hatte sie mir einen Laib frisches Kleiebrot in den Rucksack gesteckt. Auf der ganzen Fahrt zurück in die Großstadt mußte ich an Jeffrey denken.

1918, zwei Jahre, nachdem Margaret Sanger die erste Geburtenkontrollklinik des Landes errichtet hatte, veröffentlichte Dr. Lulu Hunt Peters *Diet & Health, with Key to Calories*, das erste Diätkochbuch Amerikas, das in der gebundenen Ausgabe 800 000mal verkauft wurde. Während der Weltwirtschaftskrise verging den Amerikanern irgendwie die Lust am Abnehmen. Zum Breitensport wurde das Diätmachen erst wieder nach dem Zweiten Weltkrieg. (1961 wurden von der gebundenen Ausgabe von Julia Childs *Mastering the Art of French Cooking* nur 650 000 Exemplare abgesetzt.)

In den Nachkriegsjahren avancierte Hüttenkäse zu einem Diätlebensmittel, zu einem »kalorienbewußten« Ersatz für Fleisch. Auf den Speisekarten der Restaurants tauchte der »Diätteller« auf. Ein Klacks körniger Weißkäse auf einem Salatblatt neben ein paar Schnitzen Dosenpfirsich oder mehligen Tomaten. Mit dem Appetit der Amerikaner auf Schlankheit wuchs auch ihr Appetit auf Hüttenkäse. Der Pro-Kopf-Verbrauch stieg Ende der Sechziger und erreichte seinen Höhepunkt 1972, als die Amerikaner durchschnittlich zweieinhalb Kilo pro Jahr von dem Zeug verzehrten.

Jeffrey, ein entfernter Cousin, entdeckte den Hüttenkäse als Diätlebensmittel im Jahr 1967. Er war vierzehn Jahre alt, einszweiundfünfzig groß und knapp achtzig Kilo schwer, gerade als sich Amerika auf den Summer of Love vorbereitete.

Jeffrey wollte Sex, 1967 kein unbilliges Verlangen für einen Vierzehnjährigen. Aber Jeffrey war so unglücklich über seinen unförmigen Körper, daß er ständig in einem Skianorak herumlief. Als er einmal die Madison Avenue in New York entlangschlenderte, sah er sein Spiegelbild in einer Schaufensterscheibe.

Er dachte: »Sieht schon komisch aus, ein Skianorak im Juli. Ich geh jetzt lieber mal nach Hause.«

Jeffreys Familie hatte eine schöne Wohnung auf der Upper East Side, nicht weit vom Metropolitan Museum of Art. Aber von seiner Geburt bis zu seinem dreizehnten Lebensjahr brachten ihn seine Eltern jedes Wochenende zu Sesha und Sasha, seinen Großeltern mütterlicherseits, die in einer gescheiterten kommunistischen Kommune nicht weit vom Mosholu Parkway in der Bronx lebten.

»Die Kommune«, erzählte mir Jeffrey, »war nach Scholem Aleichem benannt und bestand im wesentlichen aus einem Komplex von Tudorgebäuden, die um einen zentralen Hof gruppiert waren. Aus irgendeinem Grund hatten die Mitglieder der Kommune in die Hecke, die den Komplex umgab, Dutzende roter Plastikrosen gesteckt.«

Sesha, Jeffreys in Warschau geborene Großmutter, hatte nie die englische Sprache gemeistert. Sie verwechselte ständig die beiden so ähnlichen Wörter *»before«* und *»because«*, »bevor« und »weil«. »Mir wurde die Brust abgenommen, weil du geboren wurdest«, sagte sie etwa zu Jeffrey. Oder: »Ich war so glücklich, bevor du geboren wurdest.«

Sesha fütterte Jeffrey wie ein unterernährtes Flüchtlingskind. Auf beiden Seiten dick mit Butter bestrichene Roggenbrotschnitten. Mit Sauerrahm getränkter Hüttenkäse. Und, weil sie Atheistin war, ihre *spécialité de la maison*, zartrosa Schweinebraten.

Immer, wenn Sesha Lammkoteletts machte, drängte sie ihn, das Fett schnell zu essen, bevor es gerann. Jeffreys Wochenenden unter Seshas Fittichen machten ihn dick. Als er dreizehn war, die Schamhaare zu sprießen begannen und er sich allmählich seiner Männlichkeit bewußt wurde, verkündete er seinen Eltern, er wolle nie wieder in die Bronx. Sesha nahm die Nachricht gleichmütig auf.

»Achte nur darauf, daß er Hüttenkäse mit viel Sauerrahm ißt«, sagte sie, »sonst fällt er vom Fleisch.«

Jeffreys Mutter hielt den Kühlschrank immer gut mit Hüttenkäse bestückt. An dem Nachmittag, als Jeffrey zu der Erkenntnis kam, daß es ungewöhnlich war, an der Upper East Side im Skianorak herumzulaufen, ging er nach Hause, um eine Kleinigkeit zu essen. Er öffnete den Kühlschrank und nahm einen der vielen großen Becher Hüttenkäse heraus.

»Obenauf war eine dünne grüne Schicht«, sagte er. »Meine Mutter war Malerin und experimentierte ständig mit Gelatine und Lebensmittelfarben, um unsere Gerichte interessanter aussehen zu lassen.

Grüner Hüttenkäse war bei uns also nichts Besonderes. Ich rührte ihn einfach um und aß einen Löffel voll. Er schmeckte ein bißchen säuerlicher als sonst. Das machte mir nichts aus. Ein paar Stunden später entleerte sich recht unsanft mein Darm.«

Nach vielen Gängen zur Toilette wurde Jeffrey klar, daß er auf etwas gestoßen war. Er hatte seinen Appetit verloren. Von da an hielt er strenge Diät. Jeden Tag aß er nur ein einziges Sandwich aus Pepperidge-Farm-Brot und eine Scheibe amerikanischen Käse. Als Nachtisch aß er einen Löffel von dem abführenden grünen Hüttenkäse, den er hinten im Gefrierfrach versteckte.

»Es hat funktioniert«, sagte er, »wie Zauberei.«

Sitzen wurde zur Qual, und Jeffrey konnte sich nie weit von der Toilette entfernen. Er lag in seinem Zimmer, hörte Radio und lauschte dem bedenklichen Grollen in seinen Eingeweiden. Draußen in der großen Welt feierten Hippies angeblich Orgien im Golden Gate Park. Jeffrey stellte sich vor, wie sie alle gemeinsam *»Make love, not war!«* intonierten.

Er wußte, daß im East Village Horden barfüßiger Mittelschichtkids die Bürgersteige bevölkerten. Sie strömten in den Free Store und den Psychedelicatessen. Die Fugs traten im Players Theater in der Macdougal Street auf. Der lethargische Jeffrey sah sich selbst im East Village barfuß unterwegs in der tropischen Hitze. Er stellte sich schwitzende, langhaarige Mädchen vor, deren Baumwollfähnchen an ihren BH-freien feuchten Körpern klebten. Er stöhnte, vergrub das Gesicht im Kopfkissen und döste ein.

»Bis Ende August hatte ich zwanzig Kilo abgenommen«, erzählte er mir traurig. »Ich sah toll aus. Freundin hatte ich keine. Ich hatte den Summer of Love verschlafen.«

Neuntes Kapitel

Mitte der siebziger Jahre, als die Transportarbeitergewerkschaft die Landarbeitergewerkschaft zu unterwandern begann, befand Lila, meine Ärztin, daß sie zu lange bei Demonstrationen mitmarschiert war. Sie war frustriert. Sie hatte genug von *La Lucha*, dem Kampf. Also fuhr sie vor fünfundzwanzig Jahren mit einem Bus von Los Angeles nach San Diego, mit einem anderen Bus von San Diego nach Tijuana und mit einem dritten von Tijuana in den Bundesstat Guerrero. Dort wollte sie am Strand liegen, sich entspannen und alles vergessen.

Der rot-weiße Bus fuhr durch Wüsten und Wälder und langsam abwärts in eine unfruchtbare Ebene auf Meereshöhe, die El Inferniello genannt wird, die kleine Hölle, wo die mexikanische Regierung den Rio Balsas aufgestaut hatte und ein riesiges Wasserkraftwerk baute. An der Küste fuhr der Bus meilenweit durch Kokoshaine und durch eine

Stadt namens El Naranjito – Das Orangenbäumchen –, wo vor der mit Palmstroh gedeckten *cantina* schöne Transvestiten in schimmernden Kleidern darauf warteten, die Bauarbeiter vom Kraftwerk zu unterhalten. Die Transvestiten waren schöner als die Frauen von Guerrero.

Von einem Mann namens Valentín mietete Lila eine Hütte am Strand. Sie döste in einer Hängematte. Sie schwamm. Sie aß Papayas und spuckte die Kerne vor ihrer Hütte auf den Boden, wo sie nach einiger Zeit austrieben. Wochen vergingen. Immer dieselbe trockene Hitze, dasselbe blendende Gleißen des Wassers, dasselbe Meeresrauschen, Tag und Nacht. Lila schöpfte allmählich Hoffnung, und eines Morgens wachte sie auf, wälzte sich aus ihrer Hängematte, griff nach ihrem weißen Tennisschuh und verspürte einen stechenden Schmerz im kleinen Finger. Es fühlte sich an, als hätte ihr jemand eine glühende Nadel durch die Haut ins Fleisch gerammt, bis auf den Knochen.

Sie inspizierte den Schuh und sah einen kleinen braunen Skorpion, der sie anstarrte. Sie erschlug ihn mit einer Zeitschrift, achtete aber darauf, daß sie ihn nicht völlig zerquetschte. Ihre Handfläche war bereits taub, als sie ein paar Minuten später Valentín den braunen Skorpion zeigte.

»Um Gottes willen«, sagte er. »Zum nächsten

Arzt ist es eine Stunde. Deine einzige Hoffnung ist Doña Toña.«

Doña Toña, so erinnert sich Lila, war ein häßlicher Name, und er gehörte einer Heilerin, die in den Sandhügeln wohnte, zu Fuß eine halbe Stunde vom Strand. Lila hatte keine Wahl. Die Taubheit hatte sich schon bis über das Handgelenk ausgebreitet und würde, das war ihr klar, irgendwann das Herz erreichen. Pulverigen weißen Sand einatmend, folgte sie Valentín in die Hügel hinauf.

Doña Toña, eine untersetzte braunhäutige Frau, fütterte gerade ihre Hühner, als Lila und Valentín ankamen.

»O Gott«, sagte sie, als Valentín ihr den Skorpion zeigte. Sie schaute Lila an, der schon ganz schwindlig war. »Kommen Sie rein.«

Doña Toñas Hütte war ganz aus Palmwedeln. Überall standen Kerzen und Öllampen. Von der Decke hingen Kräuterbündel herab. Auf behelfsmäßigen Regalbrettern drängten sich verrußte Heiligenfiguren und Fotos von Verstorbenen. Auf einem Tischchen stand eine Schale, auf der Doña Toña gelbe Limetten, in Amerika *key limes* genannt, die kleiner und viel aromatischer sind als die in Kalifornien angebaute persische Sorte, zu einer perfekten Pyramide gestapelt hatte. Lila roch sie schon an der Tür. In der düsteren Hütte schienen sie förmlich zu leuchten. Doña Toña unterzog jede Frucht einer sorgfältigen Prüfung, wählte eine aus und schnitt sie in der Mitte durch. Mit dem Finger holte sie etwas Fruchtfleisch heraus und musterte es genau. Mit etwas altem Mull band sie eine Limettenhälfte an Lilas kleinen Finger. Dann tauchte sie einen Eberhaarpinsel in eine Öllampe und malte eine Linie um Lilas Oberarm, dicht unterhalb der Schulter.

»Das Gift wird nicht über diese Linie hinaus gelangen«, sagte Doña Toña. »Ganz gleich, was Sie machen, die Limette darf auf keinen Fall von Ihrem Finger abfallen.«

»Sind Sie sicher, daß das hilft?« fragte Lila.

Doña Toña sah sie an, als sei sie nicht bei Sinnen. »Natürlich.«

Valentín führte Lila zurück in den Ort, und als sie vor seinem Haus ankamen, hatte die Taubheit bereits die mit Öl auf Lilas Arm gepinselte Linie erreicht. Valentíns Frau half ihr in eine Hängematte. Neugierig kamen seine fünf Kinder herbei und schauten. Lila wedelte mit den Händen vor ihrem Gesicht und griff nach etwas, was sie offenbar vor ihrer Nase in der Luft sah.

»Mir wächst ein Rüssel«, sagte sie zu Valentín. »Ein Elefantenrüssel.«

»Una trompa de elefante?«

So etwas Lustiges hatten Valentíns Kinder noch

nie gehört. Sie kicherten. »Ich bin auch ein Elefant! Ich bin auch ein Elefant!« Sie rannten durchs Zimmer und trompeteten wie junge Elefanten. Valentín scheuchte sie aus dem Haus. Er band die Limette fester an Lilas Finger. Lila schlief ein.

Den Rest des Tages und die ganze Nacht versuchte sie, den Phantomrüssel zu packen. Sie sah ihn ganz deutlich – die runzlige, dicke graue Haut, die borstigen Haare –, aber er entzog sich ihrem Griff. Sie träumte, sie sei in Afrika. Sie träumte von Elefanten, die offenbar sehr stolz auf ihre Rüssel waren. Wie zum Hohn führten ihr die Dickhäuter vor, wie geschickt sie sind, und pflückten winzige gelbe Limetten von hohen Bäumen. Sosehr sie sich auch anstrengte, es gelang Lila nicht, ihren Rüssel zu benutzen. Nicht einmal berühren konnte sie ihn.

Sie schlief bis weit in den nächsten Tag. Als sie aufwachte, war die Limette immer noch an ihrem Finger, aber der Rüssel war verschwunden. Valentíns Frau brachte ihr frische Kokosmilch, und am Nachmittag kehrte Lila in ihre Hütte zurück. Am nächsten Morgen ging die Sonne auf, wie sie es in diesem Teil der Welt immer tut, blendend hell und unerbittlich. Lila fühlte sich gut.

Valentín brachte den Skorpion in die Transvestiten-*cantina* nach El Naranjito. Beeindruckt von Lilas Geschichte, ließ der Besitzer den Skorpion in die Tresenplatte eingießen. Zu Lilas Ehren änderte er den Namen der *cantina* in Elefanten-Bar, ein Name, den die Transvestiten überhaupt nicht elegant fanden.

Lilas Freundin Rosario hatte nie etwas für Politik übrig gehabt. Sie kam aus einer großen und armen Familie, die mehr schlecht als recht in Mexicali lebte, einer Großstadt gleich hinter der mexikanischen Grenze, hundertzehn Meilen östlich von San Diego. Bis Rosario die höhere Schule absolviert hatte, waren zwei ihrer vierzehn Cousins an Zirrhose gestorben, und die übrigen standen am Anfang einer Karriere als Taschendiebe oder Drogendealer. Rosario wollte Ärztin werden.

»Ich komme nie mehr wieder«, sagte Rosario zu ihrer Mutter, an dem Tag, als sie zum Studium an einer Universität in San Diego aufbrach, von der sie ein Stipendium erhalten hatte.

Ihre Mutter sagte: »Viel Glück.«

Rosario kam an der Universität gut voran. Sie stellte fest, daß ihr das Studium der Parasiten und Erkrankungen des unteren Verdauungstraktes besonderen Spaß machte. 1972 erhielt sie ein Forschungsstipendium zur Teilnahme an einem Projekt der Weltgesundheitsorganisation zur Verbesserung der Lebensbedingungen brasilianischer Indianer, die an einem Nebenfluß des Amazonas lebten. Rosario war Feuer und Flamme. Sie wußte, daß diese Indianer an diversen Verdauungsstörungen litten. Sie war noch nie gereist.

Auf der Fahrt nach Brasilien legte sie einen Zwischenstopp ein, um sich ein Bild von einer Untersuchung über virale Gastroenteritis zu machen, die im Hochland von Guatemala durchgeführt wurde. Anschließend fuhr sie nach El Salvador, um Tomás zu besuchen, einen jungen Mann, den sie an der Universität kennengelernt hatte. Tomás trug sein langes schwarzes Haar in einem Pferdeschwanz. Er schrieb an seiner Doktorarbeit über die salvadorianische Landwirtschaft, die, soweit Rosario das beurteilen konnte, überwiegend aus Maisanbau bestand.

Sobald sie südlich von Mexiko war, aß Rosario oft Mais. In Guatemala und El Salvador aßen die Menschen keine dünnen, weichen Tortillas, sondern dicke, steife *gorditas* so groß wie Rosarios Handfläche. Sogar in der sumpfigen Hitze der Küstenregion von El Salvador tranken die Leute morgens gleich nach dem Aufstehen *atol*, ein süßes, dickliches Getränk aus gemahlenem Mais. In La Libertad, der Küstenstadt, in der Rosario und Tomás sich aufhielten, verkauften Männer an den Straßenecken gekochten Mais. Endlose Maisfelder dehnten sich zu beiden Seiten der sandigen Straße zwischen La Libertad und Zumzal, einer Kleinstadt weiter unten an der Küste, in die Rosario und Tomás fuhren, um *arroz valenciana* zu essen, ein Reisgericht mit Fischstücken, Garnelen, Karotten und natürlich leuchtend gelben Maiskörnern.

Eines Tages nahm Tomás Rosario in die Maisfelder mit, um ihr zu erklären, wie Mais sich fortpflanzt. Er zeigte ihr den männlichen Blütenstand, die Quaste, an der Spitze jeder Staude und, weiter unten, die seidigen weiblichen Blüten, die den vom Wind verstreuten Pollen auffangen. Rosario merkte, daß Tomás den Mais genauso liebte wie sie die Parasiten. Tomás liebte auch El Salvador. Er murrte ständig darüber, daß in dem Land viel im argen liege.

Rosario hörte auch andere murren. Während Tomás an seiner Dissertation arbeitete, lag sie an den schwarzen Sandstränden von La Libertad und belauschte die Gespräche knackiger Mädchen aus der Hauptstadt, die um sie herum in der Sonne lagen. Die Regierung, so klagten sie, hatte die Universitäten geschlossen. Die Regierung, sagten sie, hatte den neugewählten Präsidenten und den Vizepräsidenten verhaftet.

Rosario arbeitete ihre Parasitologie-Lehrbücher

durch und trank ab und zu einen Schluck kaltes Bier. Tomás schuftete für seine Doktorarbeit und nahm sich manchmal nicht einmal die Zeit zum Essen. Eines Spätnachmittags fuhr Rosario allein nach Zumzal, um *arroz valenciana* zu essen, und blieb zu lange in dem Restaurant. Sie war in die Betrachtung des Abendrots versunken, das sich in dem glänzendschwarzen Sand spiegelte. Sie verpaßte den letzten Bus nach La Libertad. Es waren nur sieben Meilen. Sie beschloß, zu Fuß zu gehen.

Die Dämmerung ist in diesen Breiten kurz. Rosario ging auf der leeren Straße los. Der Himmel wurde dunkel. Von hinten näherte sich langsam ein Auto. Sie drehte sich um und sah einen weißen Mercedes mit einem schnauzbärtigen Mann am Steuer. Er hielt neben ihr. Er fragte, ob er sie mitnehmen könne. »Ich fahre Sie, wohin Sie wollen.« Rosario lehnte ab und ging weiter. Der Mann stellte seinen Wagen quer, so daß ihr der Weg versperrt war. Sie machte kehrt und rannte los. Sie stürzte. Als der Mann sie packte und zu seinem Auto schleifte, nahm sie eine Handvoll Sand auf. Die Hände um ihren Hals, versuchte der Mann, Rosario in seinen Wagen zu bugsieren. Sie wehrte sich. Sie fiel hin. Der Mann trat sie, immer wieder. Sie sah, wie sein Schlangenlederschuh auf ihren Brustkorb eintrat, aber sie spürte nichts.

»Hör auf«, sagte sie. »Ich komme mit. Ich will dich küssen. Ich will, daß du mich fickst.«

Er ließ von ihr ab. Sie warf ihm die Handvoll Sand in die Augen und rannte in ein Maisfeld hinein. Die Blätter zerschnitten ihr Gesicht und Hände. Sie legte sich auf die nackte Erde. Sie hörte den Mann wegfahren und dann nichts mehr außer dem Summen Tausender von Moskitos.

Tomás brachte Rosario ins Krankenhaus. Er fragte sie, ob sie den Mann wiedererkennen würde, falls sie ihn je noch einmal sähe. Und genau das passierte eine Woche später am Strand, wo er mit einer Frau und zwei Kindern saß. Rosario lief zu Tomás und sagte ihm Bescheid, und Tomás lief zu seinem Freund Victor, der Jagd auf Leguane machte und ein Gewehr hatte.

»Ein Wort von dir«, sagte Tomás zu Rosario, »und wir bringen den reichen Mistkerl um.«

Victor nickte. *»En esta parte del mundo, la muerte es banal.«* In diesem Teil der Welt ist der Tod banal.

Rosario sah Tomás an und begriff. Er war schon so lange in El Salvador, daß er die Moralvorstellungen des Landes übernommen hatte. Sie schickte Victor heim. Zwei Tage später reiste sie nach Brasilien weiter.

Tomás blieb in El Salvador. Er schrieb Rosario, jedesmal, wenn er zwischen La Libertad und

Zumzal unterwegs sei, müsse er an sie denken. Als Rosario in die Staaten zurückgekehrt war, wurden Tomás' Briefe seltener. Er schrieb von Massakern und Todesschwadronen, von Leichen, die am Straßenrand verwesten. Rosario schlug ihm vor, El Salvador zu verlassen. Aber nach einer Weile kamen keine Briefe mehr von ihm.

Zehntes Kapitel

Viele Jahre lang konnte ich den Geschmack von Zimt und Schokolade nicht ertragen. In einem Abschnitt seines Lebens, der mit *Der Schatz der Sierra Madre* überschrieben sein könnte, lebte mein Vater in Mexiko, wo er Spanisch lernte und ein *aficionado* der mexikanischen Küche wurde. Bei uns zu Hause wurde heiße Schokolade nicht aus einem Nestlé-Produkt, sondern aus Schokolade der Marke Ibarra zubereitet, die in Mexiko hergestellt wird und mit Zimt gewürzt ist. Nach Anweisung meines Vaters schäumte meine Mutter die Schokolade mit einem mexikanischen Holzquirl auf, einem *molinillo*; er hatte ihr beigebracht, den Quirl nach mexikanischer Art zwischen den Handflächen zu drehen. Damals gab es in Gringo-Supermärkten noch keine Ibarra-Schokolade, also kaufte mein Vater sie in Tijuana, wenn er Freunde besuchte, die auf der Hauptstraße der Stadt Andenkenläden besaßen.

Obwohl Tijuana, die mexikanische Grenze, nur eine halbe Stunde von uns entfernt war, kamen mir die rot-gelbe sechseckige Ibarra-Schachtel und die in dünnes weißes Papier gewickelten dicken Schokoladentafeln mit ihrem charakteristischen Geschmack exotisch vor. Ich war ein dickes Kind und mochte heiße Schokolade für mein Leben gern. Wenn mein Vater mir eine duftende Tasse davon reichte, sagte er, die Azteken und ihre Eroberer hätten die Kombination von Zimt und Schokolade geliebt. Ich liebte sie auch.

Als ich schon älter war, stieß ich in Tijuana immer wieder auf den Duft von Schokolade und Zimt – er stieg spätabends aus den großen Aluminiumtöpfen von Straßenhändlern auf oder mischte sich frühmorgens in Arbeiterlokalen, wo die Leute ihre heiße Schokolade aus Plastikbechern tranken, mit dem Fichtennadelgeruch der Putzmittel, mit denen die Böden frisch geschrubbt worden waren.

Ernie lernte ich auf einer der belebten Straßen in der Innenstadt von Tijuana kennen. Ich fragte ihn nach seiner Meinung zu den bevorstehenden Wahlen, und er lachte. *»No me importa«*, interessiert mich nicht.

Ich mochte sein Lachen. Und er mochte mich, aus welchem Grund auch immer. Er lud mich zu einem Bier ein, wir wurden Freunde und trafen uns oft, wenn ich in der Stadt war.

Ernie stammte aus einer Familie mit elf Kindern, die auf der Suche nach Arbeit aus Durango nordwärts gewandert waren. Er war Verkäufer in einem noblen Kaufhaus ganz aus Glas und Marmor im Zentrum von Tijuana, das vor allem auf Touristen eingestellt war. Er bekam auf Kleidung fünfzig Prozent Mitarbeiterrabatt und war deshalb gut angezogen, aber sein Gehalt war kärglich. Sein Verdienst bestand zum größten Teil aus Provisionen. In der Touristensaison konnte er für seine drei Schwestern sorgen, die bei ihm lebten, und seinen Eltern in Durango Geld schicken. Im Winter kamen kaum Touristen. Er war zu stolz, um sich von mir ein Bier bezahlen zu lassen, und lud mich deshalb gern in sein Haus am Stadtrand ein. Wir stiegen aus dem Bus und gingen eine kopfsteingepflasterte Straße hinunter, die an einem seichten Entwässerungsgraben endete. Man überquerte ihn und stieg einen Pfad zu Ernies Haus hinauf, das am Fuß eines steilen Abhangs stand.

Im Winter, wenn es regnete, brodelte der Graben von schlammigem rotem Wasser. Der Weg war matschig. Ernies Schwestern erwarteten uns jedesmal schon. Wenn wir getrocknet waren, reichten sie uns Teller mit kleinen weichen Tacos und Tassen mit Ibarra-Schokolade. Wir lachten und aßen und sahen fern. Manchmal hörten wir auch dem unglücklichen Paar nebenan zu, dessen Stimmen durch die Trennwand zwischen Ernies Haus und ihrem klar und deutlich zu hören waren.

Den einen Winter regnete es wochenlang. Ernie und ich standen auf seiner Veranda und schauten zu, wie das Wasser vom Wellblechdach stürzte. Er sagte, er müsse mich um einen Gefallen bitten. Er starrte in den Regen und gestand mir, daß er ein Mädchen geschwängert hatte, eine Achtzehnjährige, die in dem Kaufhaus am Parfümstand arbeitete.

»Wir haben es nur ein einziges Mal gemacht«, sagte er. »Und jetzt ist sie schwanger, und ich habe überhaupt kein Geld. Ich brauche Geld, um sie über die Grenze zu einem amerikanischen Arzt zu bringen, damit sie ordentlich behandelt wird und niemand erfährt, daß sie abgetrieben hat.«

Er nannte einen Betrag. Es war mehr, als ich zu der Zeit besaß. Vermutlich hätte ich mir das Geld leihen können, aber mir war nicht ganz wohl bei dem Gedanken, eine Abtreibung zu finanzieren. Ich sagte, ich müsse mir das erst noch überlegen.

Als unser Gespräch beendet war, goß es in Strömen, und man hörte das Wasser durch den Graben rauschen. Ernie bat mich, über Nacht zu bleiben. Wir schliefen alle im selben Zimmer – Ernies drei Schwestern auf der Bettcouch, Ernie und ich in einem schmalen Einzelbett in der Ecke. Als das Licht gelöscht war, spürte ich, daß Ernie zitterte. Ganz leise weinte er sich in den Schlaf.

Ich habe Ernie das Geld nicht geliehen. Er hat die Parfümverkäuferin geheiratet. Sie bekamen noch ein zweites Kind. Ich zog weit weg, und als ich Ernie dann wieder ausfindig gemacht hatte, wohnte er in einem Betonhaus nicht weit von dem, in dem er mit seinen Schwestern gewohnt hatte, nur auf der anderen Seite des Grabens. Seine Frau hatte ihn und ihre zwei Kinder verlassen und war nach Mexiko City gegangen, um, wie er sagte, Schauspielerin zu werden. Ernie lachte, als er mir die Geschichte erzählte. Er hatte ein Baby auf dem Arm, seine Tochter Ruby. Ich bat ihn um Verzeihung dafür, daß ich ihm das Geld nicht geborgt hatte. Es tue mir leid, daß ich sein Leben zerstört hätte. Er schaute mich nicht an. Er betrachtete seine kleine Tochter, die in seinen Armen schlief. »Sie ist das Kostbarste in meinem Leben.«

Ich glaube, er hat mir verziehen. Aber ich mied jahrelang den Geschmack von Zimt und Schokolade. Ernies Sohn und seine Tochter sind jetzt Teenager. Er hat Fältchen um die Augen. Er hat einen Bauch. Genau wie ich. Ich habe eine Schachtel

Ibarra-Schokolade in meiner Küche. Es fällt mir nicht leicht, sie zu trinken, aber ich tue es.

Wenn Sie in diesem Teil von Südkalifornien geboren und aufgewachsen sind, erinnern Sie sich vielleicht an ein altes Haus unten an der Grenze. Es stand jahrzehntelang leer. Viele Dachziegel waren zerbrochen. Dicke Risse zogen sich durch das Fundament. Mäuse tummelten sich in den Wänden. In den Ecken stank es nach Urin. Der Fußboden war mit alten Orangenschalen und Zigarettenstummeln übersät. In der Badewanne verstaubte das Skelett einer Katze. Bis alles von einem Bulldozer dem Erdboden gleichgemacht wurde, hing am Briefkasten ein handgemaltes Schild. Auf dem Schild stand *Los Salteros,* »Die Junggesellen«.

Viele Jahre lang gediehen im Garten hinter diesem Haus ein halbes Dutzend Orangenbäume, die sich mit ihren knorrigen Wurzeln fest in den mageren Boden gekrallt hatten. Seit das Haus unbewohnt war, diente es Einwanderern, die illegal die ein paar hundert Meter entfernte Grenze überquert hatten, als Unterschlupf. Sie kauerten auf dem schmutzigen Boden und mußten erst einmal zu Atem kommen. Durch die Hintertür schlichen sie zu den Orangenbäumen hinaus und stopften sich die Taschen voll. Im Haus lutschten sie die Orangen aus und sammelten Mut für den Sprint zu einem Bus, einem Taxi oder einem anderen Verkehrsmittel, das sie weiter nach Norden bringen würde. Sie fragten sich nie, wer *Los Salteros* waren, die beiden Männer, die die Orangenbäume gepflanzt hatten. Wahrscheinlich erinnert sich überhaupt niemand mehr an *Los Salteros.*

Jim kam aus einer der portugiesischen Familien der Stadt, die ihr Glück mit dem Thunfischfang gemacht hatten. Aus dem Fenster seines Büros in der Innenstadt konnte er die Bucht sehen: grün, wenn das Meer kabbelig, blau, wenn es ruhig war. Er saß mit dem Rücken zur Aussicht. Er war mit einer Rothaarigen verheiratet, deren Leben sich um den Pferderennsport drehte. (Nur Del Mar. Agua Caliente in Tijuana mied sie.) Raymond, auch er ein Einheimischer, kam aus einer Familie, die in den Dürrejahren aus Oklahoma ausgewandert war. Er unterrichtete Spanisch an einer Highschool und war mit einer Blondine aus Fresno verlobt, die als Gerichtsreporterin arbeitete.

Wenn Jim nicht gerade eine Affäre mit einer Sekretärin hatte, bekam er im Büro Anfälle von Klaustrophobie. In der Mittagspause machte er lange Spaziergänge. An einem Sommernachmittag begegnete er in einem Drugstore Raymond. Jim blätterte in einer Bootszeitschrift. Raymond griff nach einer Tenniszeitschrift. Ihre Blicke trafen sich.

Damals dachte noch kaum jemand laut über so etwas nach. Und nicht viele konnten es vernünftig beschreiben. Jim und Raymond lebten in einem Teil der Welt, wo es nur wenige Präzedenzfälle dafür gab. Als Jims Scheidung durch und Raymonds Verlobte nach Fresno zurückgekehrt war, beschlossen die beiden Männer, sich ein Haus dicht an der Grenze zu bauen, wo sie zur damaligen Zeit unbehelligt leben konnten.

Die Orangenbäume waren Raymonds Idee. Ein oder zwei Wochenenden verbrachten die beiden damit, die Pflanzlöcher auszuheben. Ihre Spaten förderten indianische Artefakte zutage – Messer aus Stein, eine Art Pfeife aus Tierknochen, Muschelschalen. Jim reihte die Artefakte in Regalen und auf Fensterbänken auf. Sie waren die einzigen Ziergegenstände im ganzen Haus. Mit der Zeit schlugen die Orangenbäume Wurzeln, aber sie warfen ihre Blätter und ihre unreifen Früchte ab. Jim machte Raymond Vorwürfe wegen der Schnapsidee mit den Orangenbäumen. Sie stritten sich. Hinterher stand Raymond in der stillen Küche und starrte aus dem Fenster auf die dürren Bäumchen.

Wir hier in Südkalifornien halten uns gern zugute, daß wir so gut wie alles anbauen können, und meistens stimmt das auch. Aber wir leben in einer Wüste und neigen dazu, den Pflanzen zuviel Wasser zu geben – was gerade bei Orangenbäumen gefährlich ist. Sie sind so gut an unsere Region angepaßt, daß sie lieber trocken bleiben, und das ist der Grund, warum vernachlässigte Bäume oft die meisten Früchte tragen.

Jim wässerte zuviel. Er hatte die Orangenbäume auch an dem Sonntag morgen gesprengt, an dem Raymond ihn bewußtlos auf dem Rasen fand. Der Gartenschlauch war voll aufgedreht. Eine Karawane schwarzer Ameisen lief über Jims Wange in seinen offenen Mund. Der Leichenbeschauer sagte: »Herzinfarkt.«

Raymond bemerkte, daß Jims Sekretärin sich nicht so dezent benahm, wie es bei der Beerdigung des eigenen Arbeitgebers üblich ist. Sie umarmte Jims Sarg. Sie küßte den Deckel. Sie warf ein Dutzend Rosen ins Grab. Raymond fuhr nach Hause und stopfte Jims Sachen alle in einen Karton in der Garage. Monate später fiel ihm auf, daß die Orangenbäume sich erholten.

Raymond blieb nicht mehr lange in dem Haus. An den Wochenenden war es dort allzu ruhig. Er zog eine Schreibtischschublade auf und sah einen von Jims Füllern. Eines Abends fand er unter einem

Kissen auf der Couch eine von Jims Krawattennadeln. Er wartete, bis das Schuljahr zu Ende war. An einem Samstag morgen stand er auf und schrieb und unterzeichnete eine Erklärung, die das Haus auf Jahre hinaus zu einem juristischen Freiraum machte und nebenbei Hunderte illegaler Einwanderer mit einem Unterschlupf und mit Orangen versorgte. Die Erklärung lautete: »Zur allgemeinen Kenntnisnahme: Ich will dieses Haus nicht.« Er legte den Zettel auf den Küchentisch, ging zur Hintertür hinaus und wanderte nach Süden, Richtung Grenze. Er ging immer weiter, und aller Wahrscheinlichkeit nach hat er kein einziges Mal zurückgeblickt.

Elftes Kapitel

Es gibt in Tijuana Tacostände, die mehr hermachen. Der, zu dem ich immer gehe, steht auf einem Platz zwischen dem Rathaus und staatlichen Regierungsgebäuden. Ein Vater und seine zwei Söhne betreiben ihn. Im Schatten lungert ein Straßenköter mit traurigen Augen herum. Die Kundschaft, hellhäutige Bürokraten und die (fast durchweg) dunklerhäutigen Bürger, für die sie da sind, drängt ab neun Uhr morgens an den Stand. Mittags pressen die Leute in Zweier- und Dreierreihen gegen den glänzenden Stahltresen. Der Köter, vollgefressen mit Abfällen, döst vor sich hin.

Der ältere Sohn taucht eine lange Metallzange in einen großen Topf, in dem Rindfleisch in einer scharfen roten Sauce kocht. Mit einem Hackbeil schneidet er das Fleisch in hauchdünne Scheiben, die einen flockigen Hügel bilden. Das rhythmische Geräusch des Hackbeils veranlaßt ihn, Liebeslieder vor sich hin zu singen, mit weicher Tenorstimme.

»Du warst so glücklich an meiner Seite«, singt er. *Hack-hack-hack.* »Es hat dir an nichts gefehlt.« *Hack-hack-hack.* »Ach wüßte ich nur … den Grund … warum unsere Liebe zu Ende ging.« Der Polkarhythmus des Beils ist hypnotisierend. Die Kunden richten den Blick ins Leere, Fleischsauce tropft ihnen aufs Kinn.

Der jüngere Sohn steht wortlos neben seinem Bruder. Er verteilt Servietten und eisgekühlte Coca-Cola. Vor ihm liegen zehn, zwölf Tortillas auf einem rußschwarzen Grill und brutzeln in zerlassenem Schweineschmalz. Der ältere Bruder nimmt eine Tortilla, legt sie sich auf die Handfläche und gibt einen Löffel voll Rindfleisch hinein. Mit einer raschen Drehung des Handgelenks streut er gehackte Zwiebeln und Kreuzkümmel auf das Fleisch. Genauso schnell folgen noch ein Löffel voll rote Salsa und ein Spritzer Sauce aus dem großen Topf. Das Ganze dauert fünf Sekunden. Manchmal vertut er sich, dann fällt ein bißchen Fleisch oder eine Tortilla zu Boden und wird prompt von dem dickbäuchigen Hund verschlungen.

Ich esse Tacos in Tijuana, seit ich vier oder fünf war und mein Vater mich mitnahm, wenn er Freunde besuchte. Meine Mutter warnte ihn immer: »Laß ihn keine Tacos essen.« Mein Vater hielt sich nie daran. Seine Freunde in Tijuana – große Männer mit schwarzen Schnauzern – fütterten mich gern. Sie setzten mich auf einen Hocker. Sie drückten meine pummeligen Schenkel. Ich saß mit offenem Mund da wie ein junger Vogel. Wenn mein Vater mich nach Hause brachte, stöhnte meine Mutter. Ich roch aus dem Mund nach Zwiebeln.

Fährt man abends nach Tijuana, sieht man plötzlich die Stadt vor sich liegen, ein Feld aus unzähligen Lichtpünktchen. Im Lauf der Jahre ist Tijuana gewachsen, und das Lichterfeld ist größer und dichter geworden. An manchen Abenden zieht von der Küste Nebel herüber, verschmiert die Lichter und läßt den Horizont verschwimmen. Tijuana breitet sich scheinbar ins Endlose aus. Es hat jetzt zwei Millionen Einwohner. Immer wenn die Stadt klar oder verschwommen durch meine Windschutzscheibe auftaucht, bin ich verwirrt.

»Der Staat beginnt hier«, steht über dem Eingang des Rathauses von Tijuana. Ich bin mit den vielen verschiedenen Behörden der Stadt nie klargekommen. Mein Favorit ist das Amt für administrative Kontroversen, das immer leergestanden hat, seit ich das erste Mal daran vorbeigegangen bin. Vor ein paar Wochen sah ich eine Angestellte am Empfang sitzen. Ich ging hinein und erkundigte mich, wofür das Amt zuständig sei. Die Frau sah mich ratlos an. Sie kramte in ihren Schubladen. Sie stand auf, ging um die Ecke und tuschelte mit jemandem. Sie kam zurück und sagte: »Wir haben eine Broschüre, in der alles erklärt wird, aber momentan ist kein Exemplar aufzutreiben. Könnten Sie bitte morgen vormittag wiederkommen?«

Hin und wieder spiele ich mit dem Gedanken, nach Tijuana zu übersiedeln, und sei es nur, um meinem liebsten Tacostand mit dem singenden älteren Bruder näher zu sein. Ich bin jedoch nicht imstande, meine Skepsis außer Kraft zu setzen. Als Gringo nehme ich alles wörtlich. Es gelingt mir nicht, zwischen den Zeilen zu lesen. In Mexiko bleibe ich außen vor, wenn alle anderen über einen Witz lachen. In Mexiko werde ich immer der sein, der auf der Leitung steht. Ich erzähle mexikanischen Freunden von meinem Besuch im Amt für administrative Kontroversen, und sie lachen. Ich bin immer noch derselbe staunende, vertrauensselige, pummelige kleine Junge wie vor über vierzig Jahren.

»Quitate, feo« – verzieh dich, du Scheusal –, sagt eine Frau am Tacostand zu dem Köter. Er sieht sie traurig an. Die Menschen an meinem Tacostand reden nicht viel. Sie wappnen sich entweder für eine Auseinandersetzung mit der mexikanischen Bürokratie, oder sie arbeiten innerhalb dieser seltsamen Verwaltung. Ich stehe immer außerhalb, bin weder Komplize noch Opfer. Vor nicht allzulanger

Zeit haben Drogenbosse nicht weit von dem Stand einen Bezirksanwalt ermordet.

Ich bestelle drei Tacos und eine Cola. Ich warte darauf, daß der ältere Bruder singt.

Auf dem Etikett ist eine Fabrik abgebildet. Ein ebenerdiges weißes Gebäude mit rotem Ziegeldach und braunem Kamin steht neben einem beigen zweigeschossigen Bau. Vor den Gebäuden liegen auf einer grünen Rasenfläche drei Fässer und zwei Kisten so durcheinander, als wären sie abgeworfen und dann vergessen worden.

Das Etikett klebt auf Tausenden von Flaschen *aguardiente de cana*, Zuckerrohrschnaps, gebraut in einer Kleinstadt in Zentralmexiko, die ich besuche. Die Stadt liegt neunzig Minuten südöstlich von Mexiko City und dreißig Meilen nordwestlich des Popocatépetl, eines großen tätigen Vulkans, der qualmt und spuckt, so daß allem menschlichen Treiben in seinem Schatten ein Hauch von Vergeblichkeit anhaftet. Die Stadt ist von Sorghum- und Zuckerrohrfeldern umgeben. Einheimische Männer arbeiten für ein paar Dollar pro Tag auf den Feldern. Am Wochenende trinken sie Bier oder Zuckerrohrschnaps.

Die meisten ländlichen Gebiete Mexikos stellen ihre eigene Version von *aguardiente* her, und er gilt, wie in den USA schwarzgebrannter Whiskey, als minderwertig. In einigen Bundesstaaten werden jedoch *aguardientes* mit Fruchtgeschmack produziert, die sogar von Kennern in Mexiko City geschätzt werden. Chiapas verwendet Pfirsiche. Puebla Äpfel. Yucatán Guaven. In der Kleinstadt, in der ich mich befinde, stellt die Brennerei manchmal einen *aguardiente* her, der mit einer im Wald wachsenden bitteren braunen Nuß aromatisiert ist. Ich habe gefragt,wie die Nuß heißt. Niemand konnte es mir sagen.

Die Frau, deretwegen ich in diese Stadt gekommen bin, ist Amerikanerin und hat vor einigen Jahren in die Familie Vivanco eingeheiratet, einen Künstlerclan, der seit mindestens hundert Jahren in der Stadt lebt. Die Vivancos haben eine Reihe bekannter Maler, Bildhauer, Antiquitätenhändler und Schizophrener hervorgebracht. Ein paar Vivancos leben in Paris, ein paar in New York, ein paar in Mexiko City. Diejenigen Vivancos, die zurückkehren oder nie weggehen, sind bei den Einheimischen sehr beliebt. Sie sorgen für Farbe und Abwechslung.

Nicht weit vom Stadtzentrum hat sich der Schwager meiner Freundin, Hector, von Beruf

Schreiner, ein Haus gebaut. An der weiß verputzten Fassade hat er eine handbemalte Fliese mit den Worten *Casa de desengaño,* Haus der Enttäuschung, angebracht. Vor zwei Jahren wurde er tot in seinem Wohnzimmer aufgefunden. Er war mit einer Flasche *aguardiente* erschlagen worden. Die Staatspolizei stufte seinen Tod als »Unfall« ein.

Die Vivancos trinken gern ihren einheimischen Schnaps. Luis, Hectors Bruder, der meistens in der Nähe der Kirche herumlungert, hat fast immer eine Flasche dabei. Er war ein paar Jahre weg, bis er, wie meine Freundin mir erklärte, »bei einem dieser berühmten Ausbrüche aus einer Irrenanstalt in Mexiko City entkommen ist. Du weißt schon, irgend jemand macht die Tür auf, und die Patienten rennen alle auf die Straße.« Die Vivancos sind sich einig, daß der *aguardiente* Luis besser stabilisiert als irgendeines der Medikamente, die er in der Klinik bekommen hat. Ab und zu lauert er vor der Grundschule Kindern auf, um ihnen zu sagen, daß er ihre Eltern umbringen wird. Die Kinder lachen bloß und gehen weiter.

Der einheimische *aguardiente* ist weich und klar und hat ein feines Vanillearoma, das vielleicht von dem Zuckerrohr kommt. Obwohl er vierzig Prozent hat, kann man viel davon trinken, ohne einen Kater zu bekommen – die erste Gefahr. Die zweite ist der

Preis – fünfzig Cent pro Liter oder, wenn man eine leere Flasche in die Brennerei mitbringt, fünfundzwanzig Cent. Abgesehen von den Vivancos und dem *aguardiente* hat die Stadt wenig zu bieten.

In der trockenen Jahreszeit kann man zu den vier Meilen entfernten heißen Quellen fahren, wo dieselben geologischen Kräfte, die im Popocatépetl rumoren, dreißig Grad warmes Wasser in vier riesige Becken pumpen. Der Eintritt kostet fünfundsiebzig Cent. Für etwas mehr kann man eines der fünfhundertsechzig Schließfächer mieten. Wenn ich dort war, habe ich nie mehr als ein Dutzend andere Menschen gesehen. Ein alter Mann sitzt immer in einer *cabaña* am Eingang. Für ein paar Pesos köpft er eine frische Kokosnuß und füllt sie mit *aguardiente.*

Einmal, als kein Taxi und kein Bus zu kriegen war, verließ ich die Quellen zu Fuß. Etwa eine Meile entfernt, in einer gottverlassenen Gegend, stieß ich auf ein gedrungenes Gebäude, das sich als Klinik ausgab. Ich spähte durch ein Fenster und sah einen verstaubten Untersuchungstisch. An emaillierten Medikamentenschränken hingen Spinnweben. Auf einem Schild an der Eingangstür stand, die Klinik werde von einem Dr. Delgado geleitet, der an der Universität von Mexiko City in Parapsychologie promoviert habe. Später rief ich einen Freund an, der an dieser

Hochschule Linguistik lehrt, und fragte ihn, ob es dort tatsächlich eine solche Fakultät gebe.

»Schon möglich«, sagte er. »Die Universität ist so alt und so riesig, daß sie auch ein Institut für Parapsychologie haben könnte. Irgendwo. Ich meine, das ist durchaus denkbar.«

Als ich das letzte Mal in der kleinen Stadt war, ein paar Tage nach Allerseelen, hatten die staatlichen Vulkanologen für den Popocatépetl die Warnstufe Gelb ausgerufen – ein Ausbruch war also möglich, aber nicht sicher. Meine Freundin und ich besuchten Hectors Grab, das immer noch mit Blütenblättern von Ringelblumen, Kerzenresten und leeren *aguardiente*-Flaschen übersät war. Jemand aus der Vivanco-Familie hatte einen violetten Pappmachédrachen auf den Grabstein gestellt. Ich fragte meine Freundin nach dem Grund. Sie zuckte die Achseln. »So sind die halt.« Normalerweise hätte ich mich mit dieser Antwort nicht zufriedengegeben, aber die Luft schwirrte von Moskitos, und in der Gegend ist das Denguefieber verbreitet. Ich schlug vor zu gehen. Auf dem Rückweg zum Haus meiner Freundin fragte ich sie, ob sie jemals nach Amerika zurückkehren würde. Vom unteren Ende ihrer Straße aus konnte man gut den Popocatépetl sehen, den Kranz aus Rauch um seinen Kegel. Meine Freundin meinte, vielleicht würde sie irgendwann zurückkommen, aber bis jetzt hat sie sich noch nicht dazu aufgerafft.

In Cuernavaca, der »Stadt des ewigen Frühlings«, schlenderte ich durch die besseren Viertel nordöstlich der Kathedrale, stöberte in den Töpferläden und kam an Fernandas Chorizoladen vorbei.

Das Wandgemälde neben dem Eingang zeigt Xochicalco, eine Pyramide vierundzwanzig Meilen südlich von Cuernavaca. Das Gemälde, ein Werk von Fernandas Ehemann Enrique, ist so detailliert, daß man die zur Spitze der Pyramide führenden einzelnen Stufen unterscheiden kann. Man sieht jeden Riß und jedes Loch in den Steinblöcken. Bemerkenswert ist das Wandgemälde aber nicht durch seinen Naturalismus oder den tropischen Sonnenuntergang im Hintergrund, sondern durch eine Szene auf der Spitze der Pyramide. Ein Mayapriester streckt mit muskulösem Arm ein Messer himmelwärts. Vor ihm kauert ein Schwein.

Irgendwann wollte Fernanda einmal Postkarten von dem Gemälde drucken lassen, um sie in ihrem Laden zu verkaufen. Dann überlegte sie es sich anders. Es lag nicht so sehr daran, daß der Priester auf der Pyramide ein Maya war. (Die Maya waren so weit in den Norden Mexikos vorgedrungen, und manche Ethnologen glaubten, sie seien auch in Xochicalco gewesen.) Es waren das Schwein und das geradezu menschliche Entsetzen, das Enrique ihm in die Augen gelegt hatte.

In Mexiko werden über hundert verschiedene Sorten Chorizo hergestellt, und Kleinstädte wie die, aus der Fernanda stammte, sind dafür bekannt, daß sie die besten Würste dieser Art machen. Alle sind sich darüber einig, daß das Schweinefleisch gehackt statt durch den Wolf gedreht und zumindest mit Chili, Paprika und Koriander gewürzt werden muß. Wobei das Mischungsverhältnis natürlich diskutabel ist. Es gibt immer wieder jemanden, der dank einer geheimen Extrazutat einen Geschmack erzielt, der alle anderen übertrifft.

Fernandas Heimatstadt war für ihre Unfreundlichkeit bekannt. Irgendwann im Lauf ihrer Geschichte kamen die Einwohner darauf, daß sich ihre Stadt durch eine säuerliche Widerborstigkeit am besten von anderen Städten der Gegend abheben konnte. Touristen, die den Weg zu dem unattraktiven Markt in Fernandas Heimatstadt fanden, verweilten nicht lange. Der Brunnen in der Mitte des Marktes war kaputt. Unter der grünen Oberfläche des abgestandenen Wassers zuckten Moskitolarven.

Auf Fragen gaben die Marktfrauen pampige Antworten.

Fernanda, ein hochgewachsenes Mädchen aus einer Kaufmannsfamilie, heiratete Enrique, einen mageren Jungen, Sproß einer Bauernfamilie. Enrique wollte Maler werden. Sein Durchbruch kam, als er vom Gesundheitsamt den Auftrag für ein Wandgemälde im Rathaus erhielt, das die Vorbeugung gegen Cholera, Denguefieber und Syphilis darstellen sollte. Zwei Drittel des Gemäldes fanden allgemeinen Beifall. Die Syphilis stelle Enrique jedoch als dornenschwänzigen Teufel dar, der sich auf Adam und Eva stürzte, die beide nackt waren. Die Bürger sahen darin ein öffentliches Ärgernis und übertünchten das Wandgemälde. Resigniert kehrte Enrique der Wandmalerei den Rücken und widmete sich der Herstellung von Schmuck. Fernanda, die zu der Zeit schwanger war, verlegte sich auf die Produktion von Chorizo und verkaufte die Wurst auf dem Markt.

Weil Fernanda kein rechtes Zutrauen zu Enriques künstlerischem Potential hatte, weil sie schwanger war und Geld brauchte, war sie freundlicher als die anderen Frauen auf dem Markt. Sie lächelte. Die Geschäfte gingen schleppend. Die Städter mißtrauten ihrem Lächeln und bezweifelten, daß ihr Chorizo besser sein könne als ihr eigener. Aber die Wurst hatte ein geheimnisvolles Aroma, und schon bald kauften die Leute sie aus purer Neugier. Es konnte nicht ausbleiben, daß auch einmal eine Frau aus Cuernavaca eine von Fernandas Würsten kaufte. Sie erzählte ihren wohlhabenden Freunden von der hochgewachsenen jungen Frau, die in einer unfreundlichen kleinen Stadt einen wunderbaren Chorizo verkaufte.

Enrique wußte, daß Fernandas Geheimnis eine Prise Zimt war, die sie dem grob gehackten Schweinefleisch zusetzte. Es fuchste ihn, daß seine Frau durch einen so simplen Kunstgriff berühmt wurde. Als Fernanda ihren Chorizoladen in Cuernavaca eröffnete, wollte sie Enrique beschwichtigen, indem sie ihn bat, das Wandgemälde neben der Ladentür zu malen. (Fernanda wollte kundtun, daß ihr Chorizo ein echtes bodenständiges Produkt sei, und was konnte echter und bodenständiger sein als Xochicalco?) Natürlich sagten manche Passanten, auf einer mexikanischen Pyramide sei nie ein Schwein geopfert worden. Und überhaupt seien die entsetzten menschenähnlichen Augen des Tieres ein Skandal. Anfangs mochte Fernanda das Gemälde, aber mit der Zeit sah sie das Schwein als das, was es war.

Fernanda und Enrique schliefen schon lange nicht mehr im selben Bett. Beim Essen wechselten sie kaum ein Wort. Nur auf Hochzeiten, Taufen und Beerdigungen waren sie höflich zueinander.

»Wir waren noch Kinder, als wir geheiratet haben«, sagte Fernanda über sich und ihren Mann. Sie wußte noch, wie es gewesen war, als sie ihn noch liebte. Sie erinnerte sich, daß sie immer darauf geachtet hatte, ihre Hände von seinem Gesicht fernzuhalten, wenn sie sich küßten. Sie wußte, daß ihre Hände nach Zimt und Schweinefleisch rochen.

Fernanda war erleichtert, als eine große Supermarktkette sich für ihren Chorizo interessierte. Die Anwälte sagten, ihr Chorizo würde in hundert Filialen verkauft werden. Den Laden in Cuernavaca würde man beibehalten, als Symbol für die Bodenständigkeit des Produkts.

Fernanda tut Gutes an ihrer Heimatstadt. Sie hat die Instandsetzung und Säuberung des Marktbrunnens bezahlt. Sie spendet Schulbücher und Schuhe für die Kinder der Ärmsten. Sie besitzt eine Wohnung in Mexiko City und ein Ferienhaus an einer entlegenen Küste in Oaxaca. Ihre Heimatstadt besucht sie nur selten.

Manchmal kommt sie nach Cuernavaca, und es könnte sein, daß Sie ihr dort auf einer Cocktailparty begegnen. Sie ist matronenhaft füllig. Enrique ist immer noch mager. Die beiden reden nicht mehr miteinander. Daß sie einmal zusammen waren, erkennt man nur noch daran, daß Fernanda immer eine von Enriques Halsketten trägt – aufgefädelte einfache Steine mit eingravierten Maya-Schriftzeichen.

Zwölftes Kapitel

Auf dem Mahane Yehuda, dem zentralen Markt von Jerusalem, feilschte ich mit einem Gewürzhändler um den Preis von getrockneter Minze. Der Mann wollte sich nicht herunterhandeln lassen. Ich ging weg. Er rief mir nach. Müde vom Jetlag und des Schacherns überdrüssig, sagte ich nur: »Keine Sorge, ich komme wieder.« Alle in Hörweite – Kunden, Händler, Lieferanten – prusteten los. Ein Rabbi, der ein paar Schritte von mir entfernt stand, mußte so lachen, daß er sich verschluckte. Mit lauter, gereizter Stimme hatte ich in Wirklichkeit etwas anderes gesagt: »Keine Sorge, ich bin ein Schwein.«

Ich wurde zum Gespött der Heiligen Stadt, weil ich »wiederkommen«, *hozer*, mit »Schwein«, *hazir*, verwechselt hatte. Ich war müde. Die beiden Wörter sind sich in der Tat sehr ähnlich. Freunde erzählen mir, daß der Gewürzhändler sich immer noch an mich erinnert. Es kommt nicht jeden Tag vor, daß ein Jude mitten auf dem größten Markt Jerusalems steht und sich selbst als Schwein bezeichnet. Der Versprecher ist für israelische Ohren deshalb so erheiternd, weil die Juden jahrhundertelang tatsächlich Schweine waren.

Schon im dritten Jahrhundert regten sich die Christen darüber auf, daß die Juden kein Schweinefleisch aßen. Die Christen waren stolz darauf, daß sie Schweinernes verzehren durften – das war einer der Pluspunkte der neuen Religion. Ein Christ durfte seine Vorhaut behalten und obendrein Schweinefleisch essen. Im Lauf der Jahrhunderte ging diese Begeisterung für Wurst und Rippchen in einen eingefleischten Judenhaß über. Europäischer Volksweisheit zufolge aßen die Juden kein Schweinefleisch, weil sie selbst verkappte Schweine waren. (Die Juden konnten sich nicht selber essen.) Juden waren schmutzig und stanken. Wie die Schweine durfte man sie ungestraft abschlachten.

Die europäischen Juden müssen das Gefühl gehabt haben, daß sie von lauter Irren umgeben waren. Die christliche Fixierung auf Schweinefleisch war jedoch derart leidenschaftlich und hartnäckig, daß manche Juden begannen, die Aufregung ernst zu nehmen. Im dreizehnten Jahrhundert fiel einem Talmud-Gelehrten die Ähnlichkeit der hebräischen

Wörter für »wiederkommen« und »Schwein« auf. Er überlegte, ob das nicht ein Hinweis darauf sei, daß Gott in der messianischen Zeit das Schwein den Juden als ein verzehrbares Tier »zurückgeben« werde.

Schweinefleisch als Symbol für die Befreiung der Juden interessierte die Christen nicht sonderlich. Als es sich einmal in ihren Köpfen festgesetzt hatte, daß Juden Schweine seien, gingen sie daran, Nutzen aus dieser Erkenntnis zu ziehen. Während der spanischen Inquisition wurden Juden, die man gezwungen hatte, zum Christentum zu konvertieren, *Marranos* genannt, was soviel wie Schweine bedeutet. Die Spanier hatten gewisse Zweifel, ob eine durch Folter bewirkte Bekehrung aufrichtig sein konnte, und schauten immer wieder einmal bei den *Marranos* vorbei, um zu kontrollieren, ob die Konvertiten Schweinefleischprodukte vorrätig hatten. Die *Marranos* gingen dazu über, Schinken über ihrer Haustür aufzuhängen, und bewahrten vorsichtshalber immer die eine oder andere Wurst im Küchenbüfett auf.

In Regensburg stellt ein Relief an der Außenseite des Doms Juden dar, die an den Zitzen eines Mutterschweins saugen. Bis weit ins achtzehnte Jahrhundert war eines der Frankfurter Stadttore mit einem bemalten Relief geschmückt, das einen Juden darstellte, der Scheiße aus dem After eines Schweins saugte. (Schweine fressen bekanntlich ihre eigenen Exkremente.) Dieses recht einprägsame Bild, die »Judensau«, erfreute sich bei den deutschsprachigen Völkern großer Beliebtheit. In *La bête singulière*, Claudine Fabre-Vassars Studie über »Juden, Christen und das Schwein«, finden sich Reproduktionen von zwei deutschen Stichen. Der eine stammt aus dem siebzehnten Jahrhundert und zeigt die Szene von dem Frankfurter Stadttor; auf dem anderen, einer Arbeit aus dem achtzehnten Jahrhundert, geht ein Jude einer ähnlichen Beschäftigung nach, während das Schwein an einem menschlichen Kothaufen schlabbert.

So etwas vergißt man nicht. Sogar, als sie um die Errichtung des Staates Israel kämpften, ging manchen Juden die »Judensau« noch nach. Sie träumten von einem »Neuen Juden« und dessen Emanzipation nicht nur vom Judaismus, der den Juden so viel Leid gebracht hatte, sondern auch von christlichen Phantasien, und aßen ganz bewußt Schweinefleisch an Yom Kippur, dem heiligsten Tag des jüdischen Kalenders.

Ich habe einen Freund, der sowohl mütterlicherals auch väterlicherseits von Familien abstammt, die während der spanischen Inquisition nach Nordafrika entkamen. Im vorigen Jahrhundert haben sie sich nach Montreal durchgeschlagen. Die Mutter meines Freundes kochte Gerichte, die an Spanien erinnerten. Sein Vater sprach Ladino, den spanisch-hebräischen Dialekt jener Juden, die der Inquisition entkommen sind.

Die Schwester meines Freundes aber ärgerte sich als Teenager auf einmal darüber, daß sie eine zu große Nase und gekräuseltes Haar hatte. Sie fing an, Bücher des christlichen Autors C. S. Lewis zu lesen. Sie sparte ihr Taschengeld, um sich das Haar glätten zu lassen. Eines Abends gingen mein Freund und seine Mutter ins Kino. Als sie heimkamen, dröhnte aus ihrer Wohnung Händels *Messias.* Drinnen kniete die Schwester meines Freundes mit ausgebreiteten Armen vor der Stereoanlage im Wohnzimmer. Mein Freund sagt, er und seine Mutter hätten laut gelacht.

Am nächsten Morgen erlebten sie etwas, was nur in der Wirklichkeit und nie in einem Roman passiert. Sie wachten auf, weil ein seltsamer Geruch aus der Küche kam. Die Schwester meines Freundes stand im Bademantel am Herd und briet sich eine große Pfanne kanadischen Schinken. Irgendwann konvertierte sie zum Christentum. Später, als sie auf dem College war, heiratete sie einen jungen Mann, dessen Eltern aus Deutschland eingewandert waren. Sein Vater bedauerte in keiner Weise, daß er im Dritten Reich der Hitlerjugend angehört hatte.

Tja.

Meine Freundin Niang läuft in schwarzen Stiefeln herum und strahlt ganz allgemein Entschiedenheit und Selbstdisziplin aus. Sie hält an einer hiesigen Universität Vorlesungen über den chinesischen Film. Sie schwimmt Bahnen im Schwimmbad der Universität. In einem rotbraunen Badeanzug durchschneidet ihr bleicher, schlanker Körper das Wasser. Hin und her, vierzig, fünfzig, sechzig Bahnen. Ich habe mich oft gefragt, woran sie beim Schwimmen denkt. Hinterher hat sie Hunger, und manchmal ruft sie mich dann an, und wir gehen Mittag essen. Dabei reden wir oft auch übers Essen.

Einmal, vor Thanksgiving, sprachen wir darüber, was unsere Familien für das große Festessen planten. Bei ihnen, sagte sie, bereite ihr amerikanischer Mann alles zu – den Truthahn, die Füllung, die kandierten Yams. Bei dem Wort »Yams« verzog sie angewidert das Gesicht.

»Mein Mann sagt, die sind Teil der Thanksgiving-Tradition. Schön und gut. Von mir aus kann er sie machen und essen. Unser Sohn kann sie auch essen. Aber ich rühr sie nicht an. Die Amerikaner haben bei Yams allerlei gemütvolle Assoziationen – trautes Heim, Feiertag, Familie. Wenn ich sie esse, denke ich an was anderes.

Meine Erinnerungen an Yamswurzeln sind viel komplexer, nicht nur warm und süß. Als ich in China aufwuchs, war Zucker schwer zu bekommen und teuer. Ende der fünfziger und Anfang der sechziger Jahre waren Yams für uns Zuckerersatz. Sie waren eines der wenigen erhältlichen Lebensmittel, die süß schmeckten. Man hat Yams geröstet. Man hat Reisbrei mit Yams gegessen. Man hat Yams gekocht, in Scheiben geschnitten und in der Sonne getrocknet, wie Dörrobst. Getrocknete Yams waren für uns wie Kekse oder Bonbons. Dabei waren wir privilegiert. Mein Vater war Professor. Wir hatten wenigstens Yams.

Es gibt in China nur wenige Menschen, die keine Erinnerungen an Hunger haben, an Zeiten, als sie sehr wenig oder gar nichts zu essen hatten. Ich bin unmittelbar nach Maos ›Großem Sprung nach vorn‹ aufgewachsen, als er den wahnwitzigen Plan hatte, China zu einem der größten Stahlproduzenten der Welt zu machen. Die Leute haben damals ihre Woks und Messer eingeschmolzen. Alle aßen in Gemeinschaftsküchen. Die Bauern mußten Kollektiven beitreten, aber niemand ging zum

Arbeiten auf die Felder, und es gab eine Hungersnot.

Heute sagt man, daß damals zwanzig, vielleicht sogar bis zu vierzig Millionen Menschen wegen des ›Großen Sprungs‹ nach vorn verhungert sind. Anhui war eine der am schwersten betroffenen Provinzen. Über zwei Millionen Menschen sind dort verhungert. Allein in einem Landkreis wurden zwanzig Dörfer völlig ausgelöscht. Es gab Kannibalismus. Dutzende von Kannibalismusfällen in Anhui.

Wir lebten in Peking, deshalb hatten wir etwas zu essen. Nicht viel. Wir aßen oft Yams. Und später, während der Kulturrevolution, wurde mein Vater als ›Rechter‹ gebrandmarkt, und zur Strafe wurde unsere Familie aus Peking ausgewiesen, und wir mußten in die Provinz Anhui übersiedeln, wo so viele Menschen den Hungertod gestorben waren. Anhui war noch eine sehr arme Provinz.

Wir wohnten in einer Kleinstadt. Jeder wußte über meinen Vater Bescheid. Während der Kulturrevolution haben sich viele wie Fanatiker aufgeführt, um der Obrigkeit ihre Loyalität zu beweisen. Ich war noch ein Kind, und wenn ich auf der Straße ging, haben mich die Leute beschimpft und mich mit Essen beworfen. Mit Essen. In einer Gegend, in der noch ein paar Jahre zuvor Menschen buchstäblich verhungert waren! In Anhui warfen die Leute

Essen nach mir, um mir zu zeigen, wie sehr sie mich und meine Familie verabscheuten und haßten.

Als ich älter war, wurde ich zur Zwangsarbeit in ein landwirtschaftliches Kollektiv geschickt, und auch dort gab es nicht viel zu essen. Reis war Mangelware. Wir aßen Maismehl. Eingelegtes Gemüse. Yams. An hohen Feiertagen bekamen wir ein bißchen Schweinefett, und das war eine wahre Delikatesse. Der Körper war ausgehungert nach Öl und Fett. Die Familie meiner Zimmergenossin schickte ihr einen Tonkrug mit Schmalz, Schweineschmalz, und ich hab den Geruch heute noch in der Nase. Jeden Abend rührte sie ein wenig in ihren Maisbrei, damit er ein bißchen besser schmeckte und sie ein bißchen Fett aufnahm.

Wir bekamen sehr wenig zu essen, mußten aber trotzdem arbeiten. Wir bauten Reis an. Ich habe viele Stunden in Reisfeldern gestanden, bis zu den Schenkeln im kalten Wasser, und Reispflanzen gesetzt. Mein Arzt meint, daß ich davon Arthritis in den Beinen habe, von der schlechten Ernährung und von den vielen Tagen, die ich im kalten Wasser stehen mußte. Ich bin noch relativ jung, und ich schwimme, um kräftig und beweglich zu bleiben.

Als ich voriges Jahr in China war, hab ich mich gewundert, daß dort immer noch geröstete Yams an den Straßenecken verkauft werden. Für die jüngeren Menschen hat das etwas Nostalgisches. Es erinnert sie an ihre Kindheit. Dreimal habe ich versucht, Yams zu essen, aber es ging nicht. Ich hab das Zeug nicht runtergebracht. Meine Kindheit war ganz anders.

Als ich vor achtzehn Jahren hierher gekommen bin, war es kurz vor Thanksgiving, und ich bin mit meinem Mann in den Supermarkt gegangen. Er hat alles mögliche gekauft, und dann fiel ihm ein: »Ach, wir dürfen die Yams nicht vergessen.« Da hab ich richtig heftig reagiert. Ich bin aggressiv geworden, fast wütend. Ich sagte: »Wozu willst du denn die kaufen?« Und er hat einfach dagestanden und nicht begriffen, warum ich so ausgerastet bin.

Man liebt jemanden und heiratet ihn und denkt, man weiß alles über ihn, und dann kommen solche Momente, wo man einsehen muß, daß es Dinge gibt, die der andere nicht von einem wissen oder die er nicht verstehen kann. Ich bin Chinesin, und in China ist es der höchste Ausdruck von Liebe, wenn man jemandem ein schönes Essen kocht. Essen ist etwas sehr Sinnliches, Leidenschaftliches. Kulturell gesehen habe ich verstanden, warum mein Mann dieses Festmahl für mich zubereiten wollte. Aber er konnte nicht verstehen, warum ich auf etwas so Banales wie Yamswurzeln derart heftig reagiert habe.

Schwer zu verstehen, warum manches im Mund des einen so süß schmeckt und im Mund eines anderen einen so bitteren Geschmack annehmen kann.«

Irgendwann Mitte August fuhr mein Zug in den Bahnhof Turin ein. Ich sah Aliza am Ende des Bahnsteigs, sie wartete an der Sperre. Sie war ein blasses Mädchen und trug ihr rotes Haar in einem stumpfen Pagenschnitt. Sie hatte ein weißes Leinenkleid an. Als sie mich sah, winkte sie. Im heißen italienischen Licht funkelte das goldene Armband, das sie am linken Handgelenk trug. Ich rannte über den Bahnsteig auf sie zu. Als ich ihr mit schweißnassem Gesicht einen Kuß geben wollte, drehte sie den Kopf weg, so daß mein Mund ihre Wange traf.

Wir hatten einander eine ganze Weile nicht gesehen. Wir hatten uns neun Monate zuvor in Jerusalem kennengelernt, auf einem von der World Union of Jewish Students finanzierten Kongreß. Aliza war als Delegierte einer italienisch-jüdischen Studentenorganisation dort. Ich arbeitete für die Kampagne der World Union zur Unterstützung der Juden in Rußland. Gemeinsam nahmen wir an einer nicht enden wollenden Sitzung teil. Jüdische Studenten aus aller Welt zankten sich und schrien einander an. Sie überschütteten einander mit Sarkasmus, der jüdischen Lingua franca. Einmal sahen Aliza und ich uns an. Wir lachten beide los. Wir standen vom Tisch auf und stolperten in den Flur hinaus, wo wir uns auf die Schenkel schlugen und vor Lachen brüllten. Als unser Gelächter verebbte, schauten wir uns an und mußten noch mehr lachen. Ich fand sie sehr hübsch.

Wir schrieben uns Briefe, Aliza und ich. Vorsichtige Briefe. »Ich muß seit Jerusalem dauernd an dich denken«, schrieb sie. »Willst du nicht mal nach Turin kommen, mich besuchen? Dann kannst du meine Eltern kennenlernen.«

Wir wollten uns in Turin treffen und mit dem Auto in das Sommerhaus ihrer Eltern im Aostatal fahren, einer Region mit Sonderstatus an der Nordwestspitze Italiens, in der neben Italienisch auch Französisch als Amtssprache zugelassen ist. Die Fahrt verlief ereignislos. Aliza sagte nicht viel. Sie spielte eine Kassette mit italienischem Punk Rock. In einem Song, an den ich mich noch gut erinnere, wiederholte der Sänger immer wieder den englischen Satz *»Don't touch my brain!«*. Aliza fand den Song offenbar beruhigend.

Als wir vor dem Ferienhaus ihrer Eltern anlangten, einem zweihundert Jahre alten Chalet aus Holz und Stein, kamen zwei Leute herausgerannt und zogen mich und mein Gepäck mit geradezu ekstatischer Begeisterung aus dem Auto.

»Ich hoffe, Sie werden lange bei uns bleiben!« sagte der Vater.

»Ja!« rief die Mutter. »Bleiben Sie, so lange Sie möchten!«

Wir aßen im Garten zu Mittag. Es war das beste Essen, das ich je bekommen habe. Alizas Mutter stellte kalten Kalbsbraten auf den Tisch, dazu eine Flasche dunkelgrünes Olivenöl und eine hölzerne Schüssel mit leuchtend roten Tomaten, die Alizas Vater im Garten gezogen hatte. Vielleicht hatten die klare Gebirgssonne und das saubere Wasser des Tals bewirkt, daß die Tomaten derart gut schmeckten. Oder es war meine Freude über das Wiedersehen mit Aliza. Die Tomaten übertrafen alle, die ich bis dahin jemals gegessen hatte. Die Italiener bauen nicht viele Eßtomaten an. Ihre beliebtesten Sorten werden für die Herstellung von Saucen verwendet.

Die Tomaten von Alizas Vater waren kugelrund und sehr süß. Das würzige, frische Aroma blieb an meinen Fingern haften. Vielleicht waren es San-Marzano-Tomaten oder Borgeses. Ich verdrückte bestimmt ein halbes Dutzend davon, nur mit Olivenöl und Salz. Alizas Vater stiefelte in den Garten, um noch welche zu pflücken. Aliza sah mir lächelnd zu. Sie nippte an ihrer Limonade.

Zum Abendessen tischte Alizas Mutter noch mehr frische Tomaten auf. Und ein paar lagen auch auf dem Frühstückstablett, das sie mir am nächsten Morgen ans Bett stellte. Alizas Vater legte sogar ein paar davon in den Picknickkorb, den Aliza und ich auf unsere kleine Rundfahrt durch das Tal mitnahmen. Der Korb stand auf dem Rücksitz, unterwegs wurde es heiß im Auto, und der Duft der reifen Tomaten zog nach vorne, wo ich vergeblich versuchte, ihre Hand zu halten. Sie spielte schon wieder *Don't Touch My Brain.* Die höllisch lauten Drums, die gequält jaulende Gitarre und das schwachsinnige Gestammel machten sie offenbar nachdenklich.

Zum Picknick fuhren wir in einen Park, aber den hatte eine Ortsgruppe der Kommunistischen Partei Italiens mit Beschlag belegt, die dort eine Art Ferienlager veranstaltete. Auf einem Transparent über einer provisorischen Bühne stand »Internationaler Tag des Kindes«. Aliza und ich blieben in dem stikkigen Auto sitzen, bei laufendem Motor, und sahen einer Gruppe italienischer Kinder zu, die, als Zulukrieger und chinesische Bauern verkleidet, durch einen Volkstanz stolperten. *Don't Touch My Brain* spielte leise in der Stereoanlage des Wagens.

»Ich liebe ihn«, sagte Aliza.

»Wen?« Meine Augen suchten nach meinem Rivalen unter den italienischen Kommunisten.

»Na, ihn!« Sie zeigte auf das Kassettendeck.

»Don't touch my brain!« brüllte schon wieder der Schwachkopf, wer immer er sein mochte.

»Ich hab ihn vor zwei Wochen kennengelernt. Es war zu spät, um dir noch abzusagen. Meine Eltern können ihn nicht leiden. Es ist ein Skandal.«

Einer der kleinen Zulukrieger warf sich auf den Bühnenboden und schluchzte. Ich fragte mich, ob sich der kommunistische Internationalismus auch auf Amerikaner erstreckte, die möglichst schnell nach Turin zurück mußten.

Am nächsten Morgen verließ ich das Aostatal. Alizas Eltern flehten mich förmlich an, noch zu bleiben. Aliza fuhr mich nach Turin. Als sie mich vor dem Bahnhof absetzte, drehte ich mich nicht noch einmal um, um ihr zum Abschied zu winken. Ich stieg in den Zug, fuhr nach Nizza und flog von dort weiter nach Jerusalem. An Alizas Gesicht kann ich mich nicht mehr erinnern. Wenn ich an die Alpen denke, denke ich nicht an Hirten oder das Matterhorn oder an Schnee oder gar an Aliza. Ich denke an eine hölzerne Schüssel voll der süßesten reifen Tomaten.

Dreizehntes Kapitel

In dem Herbst lebte ich im Süden von Jerusalem. Der Regen, den Gott in 5 Mose 28 versprochen hat, fiel nicht zur rechten Zeit. Kleine Gottesanbeterinnen, die ich noch nie zuvor gesehen hatte, gammelten in den Ecken des Bushäuschens in der Nähe meiner Wohnung herum. Der Himmel war ständig von einem seltsam verschleierten Blau. Eines Morgens tauchte eine sieben Zentimeter lange Kakerlake, die glänzenden Beine gespreizt, in der Badewanne auf. Wie war sie bis in den fünften Stock gelangt? Wir haben es nie erfahren.

Es geschahen auch noch andere Zeichen und Wunder.

»Ich will die Scheidung«, vertraute Leah mir an. »Ich will zurück nach Australien.«

Ich wohnte bei Leah und Marc in Untermiete. Sie hatten sich in Jerusalem kennengelernt und waren seit zehn Jahren verheiratet. Sie gehörten zu dem großen Kontingent englischsprachiger Einwanderer, die damals in Jerusalem lebten. Wir kannten einander alle, stritten uns und heirateten untereinander. Marc und ich waren die besten Freunde.

Leah nahm mir das Versprechen ab, Marc nicht zu sagen, daß sie weg wollte. Sie würde es ihm selbst sagen, meinte sie. Tag für Tag kamen neue Nachrichten vom Aufmarsch irakischer Truppen an der kuwaitischen Grenze. In der Gegend um das King David Hotel sah man amerikanische Militärberater in den Bars und Cafés. Briefe aus Australien oder Amerika, die normalerweise mehrere Wochen unterwegs waren, lagen drei oder vier Tage, nachdem sie abgeschickt worden waren, in unseren Briefkästen.

Um uns herum überstürzten sich die Ereignisse; unser Alltagsleben schien sich dagegen zu verlangsamen. Die Tage und Nächte, vor allem die Nächte, kamen uns ungewöhnlich lang vor. Leah ließ sich Zeit. Wenn Marc abends länger arbeiten mußte, hörten Leah und ich BBC, während sie mir Kochunterricht gab. Wir machten komplizierte Sachen, deren Zubereitung Stunden in Anspruch nahm – mit gehacktem Lammfleisch gefüllte Klöße, Blätterteigpasteten. Wir füllten Weinblätter, Dutzende von Weinblättern, mit Reis, Minze, Petersilie, getrockneten Aprikosen und Zwiebeln. Wir füllten Weinblätter, bis uns die Fingerkuppen brannten von der Salzlake, in der die Weinblätter lagen.

An diesen Abenden redeten wir nicht viel. Die stetige Küchenarbeit, so unser stillschweigendes Einvernehmen, hielt uns beschäftigt, bis wir schlafen gehen konnten, um am nächsten Morgen aufzustehen und zur Arbeit zu fahren. Wir kochten sorgfältig, penibel. Wir rollten die Weinblätter säuberlich zu Röhrchen zusammen. Wenn wir so in der dampfigen Küche standen, die Weinblätter auf dem Herd köchelten und die BBC auf Kurzwelle bald hörbar war und bald in atmosphärischen Störungen unterging, war es scheinbar gemütlich, und wir hatten das Gefühl, etwas Sinnvolles zu tun. Manchmal seufzte Leah. Ich fragte mich, wann sie es Marc sagen würde. Ich wußte, der Tag würde kommen, eher früher als später.

In der Woche, als 150 000 irakische Soldaten in Kuwait einfielen, wurde bei Leahs Vater in Melbourne Krebs diagnostiziert. Ich war beinahe erleichtert, als ich mit Marc und Leah zum Flughafen fuhr. Es wurde scharf kontrolliert. In der Halle standen jede Menge Zivilbeamte in weiten israelischen Sportsakkos herum. Sie hatten Aktenkoffer, die, wie wir alle wußten, Uzis enthielten. Nicht der geeignete Zeitpunkt für lange Abschiede. Marc und Leah umarmten sich vor der Rolltreppe, die in die Abflughalle hinaufführte. Leah wandte sich mir zu und lächelte, dann fuhr sie hinauf.

Keiner von uns hatte viel Geld. Die billigste Art, von Israel nach Australien zu gelangen, war ein griechischer Jet, der nicht nur in Athen und Los Angeles zwischenlandete, sondern auch in fünf asiatischen Städten. Die Reise dauerte insgesamt drei Tage. Allein der Aufenthalt in Athen betrug zwölf Stunden. Leah hatte gesagt, ihr mache der lange Flug nichts aus. Da habe sie wenigstens Zeit zum Nachdenken.

Ich war mit Marc zu Hause an dem Abend, als Leah aus Melbourne anrief und ihm sagte, daß sie nicht mehr zurückkommen würde. Marc wurde totenbleich. Ich saß am Küchentisch und tat so, als sei ich in eine Broschüre vertieft, in der erklärt wurde, wie man sich selbst eine Spritze mit einem Gegenmittel gegen Nervengas setzt. Wochen vergingen. Schließlich versank Bagdad im Bombenhagel, und unser aller Leben änderte sich wieder einmal ein bißchen.

Eines Tages bekam ich eine Ansichtskarte von Leah, die sie während des Aufenthalts in Athen abgeschickt hatte. Sie schrieb, sie habe den ganzen Tag damit zugebracht, in Schuhgeschäften zu stöbern. Irgend etwas an diesem Bild blieb in meinem Gedächtnis haften. Leah, eine Ungarin mit langem rotem Haar, das bis auf die Hüften herabfiel. Die leuchtend weißen Gebäude. Der blaue griechische Himmel. Leah unterwegs im Lärm und den staubigen Straßen einer Stadt, die sie nicht kennt, auf der Flucht vor einer zehnjährigen Ehe, die sie nicht mehr erträgt. Die Ansichtskarte – ich habe sie noch irgendwo – zeigte das türkisgrüne Meer an einer nicht näher bezeichneten griechischen Küste. Ich sehe dieses leuchtende Wasser und diese fremde weiße Stadt, wenn ich mir Leah vorstelle, wie sie langsam dahinschlendert, um die Zeit totzuschlagen.

Marc und Leah haben beide wieder geheiratet. Marc und seine neue Frau haben zwei Kinder. Leah und ihr Mann, dem ein Rundfunksender gehört, leben in einem Künstlerviertel von Sydney. Ich höre gelegentlich von ihr. In schweren Zeiten mache ich immer noch ihre gefüllten Weinblätter, das hilft besser als ein Drink oder eine Pille.

An einer kleinen Seitenstraße in der Jerusalemer Innenstadt war ein koscheres vegetarisches Restaurant namens Alumah's. Im Vorraum sah man oft ein orthodoxes junges Mädchen an einem Tisch sitzen, auf dessen weißer Decke eine Leselampe und eine Standlupe standen. An ihrem bescheidenen Kleid erkannte man, daß das Mädchen *frum* war, also religiös, aber ihr Verhalten war provozierend. Mit Hilfe der Lupe verlas sie Linsen, die vor ihr auf der weißen Tischdecke verstreut waren. Mit flinken Fingern warf sie manche Linsen – *ping! ping!* – in eine Schüssel auf ihrem Schoß, die übrigen legte sie auf einen Haufen seitlich auf der Tischplatte. Das Mädchen war eine lebende Reklame für die religiöse Strenge des Restaurants. Sie durchsuchte die Linsen nach Ungeziefer.

Das biblische Verbot des Verzehrs von Insekten ist genauso unzweideutig wie das Verbot, Schweinefleisch oder Schalen- und Krustentiere zu essen – ein Mehlwurm oder eine Milbe ist das spirituelle Gegenstück eines winzigen Schweins oder Hummers. Orthodoxe Juden verwenden viel Zeit darauf, Mehl zu sieben, Walnüsse, Hülsenfrüchte und Reis zu verlesen, sie kontrollieren bei Kopfsalat oder Spinat jedes einzelne Blatt auf der Suche nach Kreaturen, deren Verzehr Gott ihnen verboten hat. Bei orthodoxen Juden, die nur Gemüse aus biologischem Anbau essen – es gibt eine ansehnliche Zahl jüdisch-orthodoxer Amerikaner, die diese zusätzliche Erschwernis auf sich nehmen –, herrscht in der Küche Hochbetrieb.

Es gibt Ausnahmen. Der Talmud erlaubt jemenitischen Juden den Verzehr einer bestimmten Heuschreckenart. Und kein jüdisches Gesetz verlangt von einem Juden, sich Gedanken um mikroskopisch kleine Insekten zu machen. Winziges Getier gräbt sich oft unter die Schale von Cashewnüssen oder Mandeln, aber wenn die Nüsse braun geröstet werden, trocknet »die intensive Hitze«, wie ein Rabbiner schrieb, »die Insekten dergestalt aus, daß sie als Staub anzusehen sind und nicht mehr unter das Verbot fallen«.

Nichtjuden, ja sogar säkulare Juden, finden so detaillierte Vorschriften pathologisch. Aber für jemanden, der sein Leben der Heiligkeit gewidmet hat, hat es nichts Krankhaftes, zwanzig Minuten lang einen Kopf Romanasalat auf unerwünschte Fleischbeilagen abzusuchen. Das gehört dann zu dem Leben, das man führt. Es ist ein Ausdruck von Liebe.

Da ich eine gewisse Zeit in den rigoroseren Bereichen des orthodoxen Judentums verbracht habe, erkenne ich die winzige Blase am Rand einer Linse, die verrät, daß sich ein Wurm in die Frucht gebohrt hat. Ich erkenne die feinen Gespinste, die in einer Packung Mehl die Anwesenheit von Milben anzeigen. Ich habe mit einer Lupe fedrigen Dill nach stecknadelkopfgroßen Insekteneiern abgesucht. In der großen säkularen Welt habe ich ja auch nichts gegen fanatische Weinkenner und gegen Puristen, die ausschließlich jungfräuliches, kaltgepreßtes Olivenöl verwenden und steif und fest behaupten, daß nur ein freilaufendes Huhn ein erstklassiges Brathuhn abgibt.

Ich kenne die vielfältigen Gründe dafür, warum Menschen bestimmte Sachen essen oder trinken und andere verschmähen. Es ist lange her, daß Jerusalem meine Heimat war. Trotzdem kann ich immer noch nicht ohne Bangigkeit eine Packung Linsen in die Hand nehmen. Ich habe so viele davon gegessen, als ich jung und arm und in Gott verliebt war, oder zumindest jung und arm und verliebt in den Gedanken, in Gott verliebt zu sein. Und jede einzelne davon habe ich eigenhändig untersucht.

Ich weiß, wie wählerisch und empfindlich die säkulare Welt ist, wenn es ums Essen geht, aber ich weiß auch, daß dieses Wissen nicht beidseitig ist. Ich erwarte nicht vom Abonnenten einer Gourmetzeitschrift, daß er die Geschichte von Esau und Jakob im hebräischen Original gelesen hat, daß ihn der erdige, fleischige Geschmack von Linsen an eine Geschichte von Verrat erinnert. Aber ich bin einer, der Linsen verlesen hat, und ich weiß, wie Jakob mit einem Linsengericht den haarigen Esau um sein Erstgeburtsrecht betrogen hat. Die Geschichte von Esau und Jakob endet mit zwiespältigen Küssen und Umarmungen. Manchmal wünsche ich mir, mein eigenes Familiendrama würde eine ähnliche Auflösung erfahren. Ich untersuche keine Linsen mehr unter dem Vergrößerungsglas, aber in meiner Vorstellung sind sie immer noch riesengroß.

Arrak, wie ich ihn kenne, ist ein klarer, hochprozentiger, aus Trauben gebrannter Schnaps mit Anisgeschmack. Die Ursprünge des Arraks liegen jedoch im dunkeln: Namen und Bedeutungen können sich im Lauf der Zeit ändern. Nahezu vollständiges Einverständnis herrscht darüber, daß sich das Wort Arrak vom arabischen Wort für »Schweiß« herleitet. Charles Perry, Redakteur der Rubrik »Essen und Trinken« der *Los Angeles Times* und im Nebenberuf Arabist, hat mir erklärt, daß Arrak seinen Namen daher hat, »wie Alkohol im Kühlrohr einer Destillieranlage kondensiert. Er sieht aus wie Schweiß. Das Destillieren von Alkohol wurde offenbar im mittelalterlichen Italien erfunden, aber die Araber haben das Verfahren schon bald in Asien eingeführt.« Daniel Rogov, Gastronomiekritiker bei der *Jerusalem Post*, behauptet jedoch, ein nach Anis schmeckender Schnaps namens Arrak aus destilliertem Palmwein sei schon vor zweitausendfünfhundert Jahren im mediterranen Arabien aufgetaucht.

Arrak gibt es heute auf der ganzen Welt. In der Türkei heißt er Raki. In Jugoslawien Rakija. In Tunesien Boukha. In Frankreich Pastis. Ein Freund von mir, der in Madras geboren ist, sagt, daß in Südindien Bauern etwas Ähnliches wie Arrak trinken, das sie aus Zuckerrohr destillieren. Ich selbst habe meinen ersten Arrak als Student an einer Talmud-Schule in Jerusalem getrunken. Ich brauchte ihn nicht selbst zu brennen. Er wurde auf jedem Straßenmarkt in Jerusalem verkauft und war billig. Im Winter konnte man Arrak trinken, um sich im ungeheizten Wohnheim der Talmud-Schule warmzuhalten. Eines Sabbatabends, als ein Rabbi merkte, daß mein Atem nach Arrak roch, schnalzte er mit der Zunge und sagte, seine Frau nehme Arrak zum Putzen von Fenstern und Spiegeln. »Absolut streifenfrei«, sagte er.

Viel Arrak trank ich mit Robert, einem Studenten der theoretischen Physik aus Toronto. Wie die meisten von uns an der Talmud-Schule war Robert mit dem orthodoxen Judaismus noch nicht vertraut. Er war ein Genie. Er war dünn und blauäugig und hatte eine Stimme wie ein Bohrer beim Zahnarzt. Seine Kenntnis der innersten Wirkungsweisen des Universums, der Kräfte, die subatomare Teilchen verändern und Galaxien durch den Weltraum rotieren lassen, konnte er nur schwer mit seinem Glauben unter einen Hut bringen. Entweder gab es einen Gott, oder das Universum war sinnlos. Entweder gab es einen Sinn, oder es herrschte Chaos. Unaufhörlich diskutierte er mit sich selbst, mit unserem Rabbi und mit mir, der ich weniger mühselig zum Glauben gekommen war, was mir möglicherweise zum Verhängnis wurde.

Mit Robert wurde es mir nie langweilig. Ihm zuzusehen, wie er mit Gott rang, war, als würde man Zeuge, wie ein einzelner Mensch die gesamte jüdische Geschichte noch einmal durchlebt, von der Aufklärung bis zur Gegenwart. Aber Roberts Kampf war spannend. Es blieb offen, ob Gott oder die Wissenschaft obsiegen würde. Der Wendepunkt kam, glaube ich, als Robert und ich die heilige Stadt Safed in Nordisrael besuchten. Robert interessierte sich seit einiger Zeit für die Kabbala, die jüdische Mystik, und viele berühmte jüdische Mystiker sind in Safed begraben. Eines Abends saßen wir in unseren dicken Parkas auf einem Hügel oberhalb des Kabbalistenfriedhofs, tranken Arrak und betrachteten die flackernden kleinen blauen Kerzen auf den Grabsteinen. Das Phänomen der Mystik – Glaube in seiner kryptischsten, irrationalsten Form – brachte Robert aus der Fassung. Er regte sich auf. Er wurde wütend. Der Arrak löste seine Zunge. Er zog über die Millionen Juden her, die für ihren Glauben gestorben waren. Wofür? Für einen Aberglauben?

In einer Hand unsere Arrakflasche, hob er die Faust gen Himmel. »Entweder es gibt einen Gott, oder der Judaismus ist der grausamste Streich, der jemals irgendeinem Volk in der Geschichte der Welt gespielt wurde!«

Da war was dran. Aber er war nicht zufrieden. Er sagte, er wünschte, er könnte sein wie ich, jemand, der »einfach alles fraglos akzeptiert«. Ich sagte ihm, er könne seinen Glauben nicht auf das gründen, was andere Menschen glaubten oder nicht glaubten. Ich hatte einen Kloß im Hals. Ich hatte zuviel Arrak getrunken. Mir war schwindlig. Vielleicht war es der kalte Wind, der meine Augen tränen ließ. Ich sagte: »Du kannst dich nicht auf mich oder irgend jemand anderen verlassen. Was würdest du tun, wenn ich ab morgen nicht mehr religiös wäre? Was würde das beweisen? Du mußt deine eigenen Entscheidungen treffen.«

Nicht lange nachdem wir wieder nach Jerusalem zurückgekehrt waren, nannte sich Robert nicht mehr Robert (der Name, so erklärte er mir, komme aus dem Althochdeutschen und bedeute »von glänzendem Ruhm«) und benutzte fortan seinen hebräischen Namen Yerachmiel, der »Gott wird Erbarmen haben« bedeutet. Etwa zur selben Zeit fing er an, mir seine getragenen Sachen zu schenken. »Sie sind mir zu groß«, sagte er. »Das Essen an der Talmud-

Schule ist fürchterlich, ich habe abgenommen.« Von da an trug ich seine Jeans und Collegesweatshirts auf. Er übernahm die Yarmulke sowie das weiße Oberhemd, die schwarzen Hosen und den schwarzen Blazer, die alle ernsthaften jungen Männer an der Talmud-Schule trugen. Schließlich verkündete er, er werde nicht nach Toronto zurückkehren, um seinen Doktor in Physik zu machen, sondern in den Norden des Staates New York gehen, um an einer Talmud-Schule in Monsey zu studieren.

Wir tranken nur noch ein einziges Mal zusammen Arrak. Ich war wieder in Kalifornien, wo Yerachmiel mich aufstöberte und mich zu seiner Hochzeit einlud. Ich sollte nach Monsey kommen und sein Schojmer sein, sein »Hüter«, eine Art jüdischer Trauzeuge, der vor der Hochzeit auf den Bräutigam achtgibt. (Der Überlieferung nach sind Hochzeiter so zerstreut, daß sie leicht etwas verlieren oder sich weh tun können.) Als mich Yerachmiel am JFK-Flughafen abholte, sah er sofort, daß ich keine Yarmulke mehr trug, aber er sagte nichts. Er umarmte und küßte mich. Er strich mir über den unbedeckten Kopf und lachte.

Am Abend vor seiner Hochzeit saßen wir in einem Motel in Monsey und tranken ein bißchen Arrak. Er erzählte mir, daß seine Ehe von einem Schadchen arrangiert worden war, einem Heiratsvermittler. Obwohl er seine Braut Hannah noch kein einziges Mal berührt oder geküßt hatte, war er sehr verliebt. Sie hatten viele keusche Abende damit zugebracht, koschere Pizza zu essen und einander kennenzulernen. Hannah sei schon immer religiös gewesen, sagte er. »Aber es macht ihr nichts aus, daß ich einmal Robert geheißen habe.«

Vierzehntes Kapitel

Gift ist aus der Mode gekommen. Die Kriminologen wissen nicht so recht, warum. Manche meinen, es liege daran, daß wirksame Gifte in reiner Form nicht mehr so leicht erhältlich sind wie früher. Vor hundert Jahren waren Arsen und Strychnin Haushaltsartikel. Hausfrauen tränkten Fliegenpapier mit Arsen. Ihre Männer pumpten Strychnin in Wespennester. Immer wieder einmal beklagte sich der Ehemann in einem ungezieferfreien Haus, seine Suppe schmecke komisch, oder eine Ehefrau starb plötzlich aus ungeklärter Ursache. Zu dem wissenschaftlichen Nachweis, daß jemand nachgeholfen hatte, fehlten der Justiz noch die technischen Möglichkeiten.

Fortschritte in der forensischen Wissenschaft lassen Giftmorde heute eher unklug erscheinen; dank der Abschaffung des Schuldprinzips bei Scheidungen und richterlicher Verbote jeder Kontaktaufnahme sind sie in den allermeisten Fällen überflüssig geworden. Fälle von vorsätzlicher Vergiftung sind in Amerika so selten geworden, daß es meines Wissens nur noch einen einzigen Toxikologen gibt, der sich darauf spezialisiert hat. Dieser in Austin ansässige Herr reist im ganzen Land umher und berät Kriminalbeamte in kniffligen Fällen. Ihm ist es gelungen, ein Profil des »typischen Giftmörders« unserer Zeit zu erstellen; danach ist dieser Mensch »gebildet und unreif«, mit anderen Worten, ein Mensch wie ich.

Ich wollte noch nie jemanden umbringen, wohl aber hatte ich schon öfter den Wunsch, jemanden zum Schweigen zu bringen. Meine Lehrzeit war lang, meine Methoden waren und sind einfach.

Wie die meisten guten Köche wurde ich im Lauf der Zeit immer öfter von Angehörigen, Freunden und Mitarbeitern eingespannt. Wie die meisten guten Köche koche ich immer seltener für mich selbst und immer öfter für Leute, die ich entweder nicht gut oder aber nur zu gut kenne. Häufig habe ich beim Essen zugesehen, wie Leute mit fettigen Lippen Banalitäten oder beiläufige Gemeinheiten von sich gaben. Ich habe zugesehen, wie Leute, die angeblich kein rotes Fleisch mochten, sich auf Lammkeulen stürzten. Ich habe zugesehen, wie Leute, die angeblich nichts Süßes mochten, Käsekuchen verdrückten. Ich versuchte, mich in die Küche zu retten. Laute Zurufe – »Was machst du denn da? Setz dich wieder zu uns!« – haben mich noch jedesmal zur Rückkehr gezwungen. Ich bin auf Distanz gegangen. Ich stellte fest, daß schweres Essen wie ein Sedativum wirkt. Schmorbraten mit Kartoffelbrei, nicht jedoch Seezunge Müllerin mit Krautsalat, beruhigt die Leute. Schmorbraten mit Kartoffelbrei, gefolgt von schwerem Früchtekuchen und Eiscreme, läßt die Leute schläfrig verstummen, bis irgendwann der erlösende Satz fällt: »Tja, wir sollten dann wohl mal nach Hause gehen.«

Eine Zeitlang gab mir dieses Phänomen zu denken. Ich stöberte in medizinischen Zeitschriften. Als dann mein Vater mit Krebs im Endstadium darniederlag, war ich bestens gerüstet. Bedingt durch den langsamen Tod meines Vaters, mußte ich viele Wochen unter einem Dach mit meiner Schwägerin verbringen, einer Frau mit einem gesunden Appetit und dem Lachen einer Hyäne. Sie hatte nur verschwommene Vorstellungen von Erbrecht, und während meine Mutter, mein Bruder und ich meinen Vater pflegten, schlich sie im Haus meiner Eltern herum und taxierte die Möbel.

Eines Nachmittags nahm sie mich beiseite. »Weißt du, das einzige Stück deiner Eltern, das ich je haben wollte, ist der Kirschholz-Geschirrschrank.«

Ich erklärte ihr, daß zwar mein Vater im Sterben liege, meine Mutter sich aber, soweit mir bekannt, bester Gesundheit erfreue.

Ich fuhr auf der Stelle in den Supermarkt und kaufte für zweihundert Dollar Lebensmittel, darunter den besten Freund des genervten Kochs: mehrere Pfund Butter.

Mit einhundert Kalorien pro Eßlöffel ist Butter weniger kalorienreich als andere Fette. (Rapsöl hat hundertdreißig Kalorien pro Eßlöffel, Olivenöl hundertzwanzig.) Aber Butter verbindet sich besonders gut mit den meisten Speisen, und mit einer ordentlichen Portion »guter Butter« schmeckt fast alles besser. Aus jahrelanger Erfahrung als Koch und stiller Beobachter weiß ich zum Beispiel, daß ein Topf Kartoffelbrei, der zwei Eßlöffel Butter enthält, nicht so gut schmeckt wie einer, der acht Eßlöffel enthält. Und mit vierundzwanzig Eßlöffeln – das höchste, was ich bis jetzt ausprobiert habe – schmeckt er am allerbesten.

Neben der Geschmacksverbesserung gibt es noch zwei weitere Gründe, Speisen, vor allem stärkehaltige, mit möglichst viel Butter zuzubereiten. Unter einem geballten Angriff schwer verdaulicher Fettsäuren saugt sich das menschliche Verdauungssystem mit Blut voll, das der Körper sonst dazu verwenden würde, den Kopf wach und geschwätzig zu halten. Außerdem enthält Butter Tryptophan, eine Aminosäure, die, vom Gehirn aufgenommen, schläfrig macht. Das Problem ist, wie man das Tryptophan aus dem Darm ins Gehirn bekommt. Stärke beschleunigt und verstärkt diesen Prozeß aus verschiedenen Gründen. In den richtigen Händen kann Kartoffelbrei so beruhigend wirken wie Valium.

Truthahn und Bananen sind ebenfalls reich an Tryptophan. Während mein Vater mit dem Tod rang und meine Schwägerin ihren Leitfaden *Antiquitäten für Anfänger* studierte, backte ich viele butterige Laibe Bananenbrot. Ich briet einen zehn Kilo schweren Truthahn, den ich zuvor gründlich mit ungesalzener Butter bestrichen hatte. Da ich schon einmal dabei war, machte ich auch eine Füllung. Mein Rezept aus *Joy of Cooking* sah nur eine Tasse zerlassene Butter vor, aber ich wußte, daß drei Tassen zu einem besseren Resultat führten. Und natürlich machte ich Unmengen Kartoffelbrei.

Meine Mutter, mein Bruder und ich waren zu beschäftigt und zu müde, um viel von all den guten Sachen zu essen. Meine Mutter trank vor allem den Aufbaudrink, den mein Vater unberührt ließ. Mein Bruder und ich tranken Kaffee und, in schwierigen Nächten, Bourbon. Meine Schwägerin, die kein Händchen für Bettpfannen, Sauerstoffflaschen und Morphiumpumpen hat, hatte sehr viel freie Zeit.

Am Morgen hatte ich gesehen, wie sie eine dicke Scheibe getoastetes Bananenbrot dick mit Butter bestrich. Nachmittags und abends wärmte sie sich immer etwas Truthahn und Kartoffelbrei in der Mikrowelle auf. Es wurde still im Haus. An manchen Tagen bekam ich sie überhaupt nicht zu sehen. Offenbar hielt sie unentwegt Nickerchen.

»Little Debbie gibt nicht gern Interviews«, sagte ihr Vater, Ellsworth McKee, Aufsichtsratsvorsitzender und Verwaltungschef der McKee Food Corporation. Als ich Mr. McKee in seinem Haus in Chattanooga erreichte, antwortete er nur ausweichend auf meine Fragen nach seiner Tochter, deren Bild seit vierzig Jahren auf Tausenden von Keks- und Kuchenschachteln prangt.

»Das Bildchen zeigt, wie sie im Alter von viereinhalb Jahren aussah«, bestätigte er immerhin. »Im Lauf der Jahre haben wir leichte Veränderungen am Haar vorgenommen, aber immer so wenig, daß es niemandem auffiel.«

Ich betrachtete das Bild von Little Debbie: ein lächelndes rothaariges Mädchen mit weißem Hut und blau-weiß karierter Bluse. »Ist Little Debbie verheiratet? Hat sie Kinder? Einen Beruf?«

»Nein. Nein. Und nochmals nein.«

»Hat sie jemals gearbeitet?«

Mr. McKee hielt inne. Er räusperte sich. »Eine Zeitlang hat sie den Betrieb geleitet.«

Mr. McKee, ein Gentleman aus den Südstaaten, gab sich große Mühe, höflich zu bleiben. Was immer hinter seiner Zurückhaltung steckte, ich hatte keine Ahnung, was es war.

Little Debbie ist die führende amerikanische Marke für Fertigkuchen, mit einem Sortiment von zwanzig Produkten und einem Jahresumsatz von über 850 Millionen Dollar. Im Supermarkt hatte ich Little Debbie's Swiss Cake Rolls, Devil Squares und Banana Twins gesehen. Die Schlichtheit der Verpackung und die Tatsache, daß fast alle Kuchen die gleiche pappsüße weiße »Creme«-Füllung hatten, ließen mir das Ganze als ziemlich billig erscheinen. Die Produkte von Little Debbie erinnerten mich an Moon Pies, eine weitere Neuheit aus Chattanooga – zwei Kekse, Schokoladenguß, Marshmallow-Füllung.

Ich wußte, daß Melanie, die Nachbarin einen Stock unter mir, aus Chattanooga war. Am Tag nach meinem erfolglosen Anruf bei Mr. McKee fragte ich Melanie, ob sie Little Debbie kenne.

»Ooooh«, sagte sie. »Ich liebe die Oatmeal Creme Pies von Little Debbie. Vor meiner letzten

Scheidung hab ich eine ganze Schachtel auf einen Sitz gegessen.«

Ich lud sie zu einem Glas Wein ein, und wir plauschten ein bißchen über Little Debbie. Melanie saß stocksteif in ihrem Sessel.

»Ich mußte als kleines Mädchen ein Korsett tragen«, erklärte sie. »Weil ich eine Rückgratverkrümmung hatte. Eine Metallstange vorn, zwei am Rükken und eine große Plastikkrause, die mein Kinn stützte. Ich war pummelig, und das Korsett lag eng an. Ich mußte das Scheißding vier Jahre lang dreiundzwanzig Stunden täglich tragen. Die meiste Zeit hab ich mich nur nach dem Gefühl gesehnt, das Ding los zu sein. Wir waren in dem Alter, in dem alle meine Freundinnen anfingen, sich für Jungs zu interessieren, und sich zum ersten Mal verknallten. Das Korsett war nicht gerade attraktiv.

Um mich auf andere Gedanken zu bringen, hab ich deshalb jede Menge Oatmeal Creme Pies gegessen. Das sind einfach zwei Hafermehlkekse mit einer Marshmallow-Füllung, aber sie sind richtig lecker. Ich hatte eine Freundin, Betsy Bare, die zwei Jahre jünger war als ich. Ich bin immer zu ihr nach Hause gegangen, und sie hat Klavier gespielt, wir haben Oatmeal Creme Pies gegessen und Elton-John-Songs gesungen. Die Klaviertasten sind davon richtig klebrig geworden.

Einmal die Woche hat mich meine Schwester Laurenda in ihre Wohnung mitgenommen, und ich durfte über Nacht dortbleiben. Sie war vierzehn Jahre älter als ich. Sehr groß. Glattes braunes Haar. Schön. Wenn sie mich mitgenommen hat, sind wir unterwegs zu McCullum gegangen, einem kleinen Supermarkt in Chattanooga, und ich durfte mir irgendwas wünschen. Ich wollte immer zwei Schachteln Oatmeal Creme Pies. Wir trugen sie in Laurendas Wohnung, saßen herum, kicherten und aßen soviel davon, wie wir wollten. Aber das beste war, daß ich bei Laurenda mein Korsett abnehmen durfte. Die ganze Zeit, die ich bei ihr war, brauchte ich es nicht zu tragen. Ich weiß noch, wie kühl und leicht sich mein Körper anfühlte.

Es hat nicht ewig gedauert. Laurenda hatte eine Affäre mit einem viel älteren Mann, Dr. Geddes, der zu den prominentesten Bürgern von Chattanooga gehörte. Ich glaube, es war eine stürmische Beziehung. Ich weiß noch, daß sie öfter meine Mutter angerufen und geweint hat. Mama wollte nicht darüber reden. Sie und mein Vater schämten sich, daß ihre Tochter etwas mit einem viel älteren Mann hatte. Sie lebten in ständiger Angst, die Leute in unserer Kirchengemeinde könnten dahinterkommen.

Eines Abends bekam meine Mutter einen Anruf von dem Krankenhaus drüben im County Douglas.

Wir hatten gerade abgewaschen, als meine Mutter ans Telefon ging. Laurenda sei niedergeschossen worden. Sie sei tot. Ich weiß noch, daß ich ganz plötzlich das Gefühl hatte, als würde mein Korsett richtig eng, als wollte es mich zerquetschen. Ich bekam keine Luft mehr. Ich liebte Laurenda sehr.

Anscheinend war sie mit Dr. Geddes übers Wochenende in ein Haus auf dem Land gefahren, das ihm gehörte. Dr. Geddes sagte bei der Polizei aus, sie hätten sich gestritten, Laurenda sei nach oben in sein Zimmer gegangen, hätte eine Flinte genommen und sich irgendwie in die Brust geschossen. Er hatte sie auf die Ladefläche seines Pickups gelegt und sie ins Krankenhaus gefahren. Es gab keine Untersuchung. Die Obduktion wurde in aller Eile abgehakt. Man ging allgemein davon aus, daß Laurenda sich selbst getötet hatte. Meine Eltern haben das nie verwunden. Sie hatten eine Tochter verloren. Es war demütigend für sie, daß jetzt ganz Chattanooga über Laurenda und Dr. Geddes Bescheid wußte. Sie haben die Polizei nicht unter Druck gesetzt. Niemand sollte davon erfahren. Aber Chattanooga war damals eine Kleinstadt, und in Kleinstädten wird viel getratscht. Ein Jahr danach verkaufte mein Daddy seine Firma, wir packten unsere Habe zusammen und kamen nach Kalifornien.

Ich verrate dir ein Geheimnis. Manchmal rufe ich Dr. Geddes an. Mitten in der Nacht. Seine Frau nimmt immer ab. Ich lasse mir Zeit. Ganz langsam und leise sage ich: ›Tut mir leid, Sie zu wekken, Mrs. Geddes. Ich weiß, daß Sie nicht wissen, wer ich bin. Aber sagen Sie mir, Mrs. Geddes, kann der Herr Doktor nachts gut schlafen?‹«

Ein Standventilator füllt mein Büro mit weißem Rauschen. Die Nacht über lasse ich Türen und Fenster offen. Die Luft ist so trocken, daß ich nicht schwitze. Ich liege auf dem weißen Laken und lausche der Grille, die sich in der Küche versteckt hat.

Ich lebe schon lange in Südkalifornien. Der Santa-Ana-Wind im Herbst überrascht mich trotzdem immer noch. Ich werde wach. Meine Nebenhöhlen schmerzen. Von meinen Fingerspitzen springen Funken zum Türknauf des Badezimmers über. Krähen lungern im Persimonenbaum meiner Nachbarin herum, tintenschwarze Silhouetten vor dem blauen Himmel. Termiten schwärmen und lassen ihre Flügel auf meine Fenstersimse fallen. Die Haut juckt. Der Mund ist ständig trocken. Das Basilikum im Garten verwelkt.

»Wenn du vierzig Minuten laufen kannst, kannst du auch eine Stunde laufen. Wenn du eine Stunde laufen kannst, kannst du auch anderthalb Stunden laufen.« Diesen Rat hat mir einmal ein Freund gegeben, in dem Herbst, als ich nach dem Ende meiner Ehe nach San Diego zurückkehrte. Mein Freund hatte Marathonläufe mitgemacht. Ich fing an, nachts zu joggen, um mich zu beschäftigen. »Trink viel Wasser, damit du nicht austrocknest. Das ist das Wichtigste.«

Es war ein ungewöhnlich heißer, trockener Herbst. Ich saß in einer Zweizimmerwohnung ohne Möbel, mit einem Computer und vielen unausgepackten Kartons. Ich kaufte mir ein Paar Joggingschuhe. Ich lief und lief in der trockenen Nachtluft, bis mir die Lungen weh taten und mein Mund nach Kupfer schmeckte. Ich kam heim. Ich trank Leitungswasser aus Plastikkrügen, die ich in meinem weißen Kühlschrank aufbewahrte.

Ich joggte auf dem Bürgersteig, bis mir die Schienbeine weh taten und mein Freund mir sagte, ich müsse auf einer elastischeren Oberfläche laufen. Ich meldete mich bei einem Fitneßstudio an, das rund um die Uhr geöffnet hatte. Ich gewöhnte mir an, spät in der Nacht hinzugehen, weil ich da ein Laufband so lange benutzen konnte, wie ich wollte. Ich schleppte gekühltes Wasser mit.

Ich ging immer erst nach Mitternacht in das Studio. Ich bestach einen Aufpasser mit einem Zwanzigdollarschein, damit er mir zeigte, wie ich die Sechzig-Minuten-Sperre des Laufbands überlisten konnte. Ich wollte zwei Stunden laufen, unbehelligt, ohne daß die Maschine mich anpiepte oder stehenblieb. Der Raum mit den fünfzehn Laufbändern hatte eine Wand mit einer Batterie von sechs Fernsehern, die alle auf denselben Sender eingestellt waren. In vielen Nächten war ich allein. Ich starrte die Fernseher an. Ich horchte auf meinen Atem. Nach siebeneinhalb Meilen wurde mein verschwitztes Achselhemd trocken und steif von Salz. Ich konnte nur an Wasser denken. Der Durst verdrängte alles andere. Der Trick bestand darin, daß ich immer weiterlief, meine wasserlose Einzelhaft so lange wie möglich beibehielt. Lauf zehn Meilen, sagte ich mir, dann kannst du Wasser trinken, soviel du willst. Wasser so kalt, daß es brennt.

Eines Nachts fiel mir in dem Studio eine junge Frau auf. Sie keuchte auf dem Laufband am anderen Ende des Raums. Sie war hübsch. Blond. Anfang Zwanzig. Flachbrüstig. Sie trug einen hellblauen Gymnastikanzug. Ihre Brusthaut war straff und gebräunt: Ich konnte ihr Schlüsselbein sehen. In der Nacht, als sie vor mir auf dem Laufband lief, sah ich, daß sie den Po eines Jungen hatte. Und zwischen den Oberschenkeln konnte man durchschauen. Meine Arme waren dicker als ihre Schenkel. Wenn sie lief, konnte man unter dem feuchten Anzug die Rippen sehen. Eines Nachts kniete sie vor ihrem Lauf neben dem Laufband nieder und gab vier Löffel Gatorade in einen Liter Mineralwasser. Sie sah, daß ich sie beobachtete. Sie lächelte.

Sie lief schnell, ihre Beine verschwammen zu einem spinnenhaften Geflirr. Sie sprintete zehn Minuten, sprang von dem Band, trank ein paar Schluck von dem mit Gatorade gespritzten Wasser, hüpfte wieder hinauf. Das ging so eine Stunde lang. Ich sagte zu dem Aufpasser: »Die dünne Blonde wird irgendwann tot umfallen.« Er zuckte die Achseln und ließ eine Kaugummiblase platzen. »Das sehen wir immer wieder. Wir können sie nicht aus dem Studio verweisen, bevor sie nicht vor Erschöpfung ohnmächtig werden.«

In der Nacht, in der sie stürzte, schaute ich auf die Fernsehgeräte. Ein Zeichentrickbär jagte ein Zeichentrickkaninchen. Mit einem schwachen kleinen Schrei fiel die Blonde hin. Statt sich aber der Bewegung des Laufbands zu überlassen, sich von ihm auf den Boden schieben zu lassen, sträubte sie sich auf Händen und Knien dagegen. Schließlich gab sie auf. Das Laufband beförderte sie auf den Boden, wo sie dann liegenblieb, ein feuchtes Häufchen Elend.

Ich ging zu ihr, kniete mich neben sie, legte ihr die Hand auf die Schulter. Ich spürte Knochen. Ich bot ihr Wasser an. »Fassen Sie mich nicht an!« schrie sie. »Fassen Sie mich verdammt noch mal nicht an.«

Sie stand auf, schleppte sich hinaus. Unsere leeren Laufbänder liefen wie verrückt weiter. Auf den Bildschirmen jagte der Bär das Kaninchen.

Ich probierte noch ein paarmal, nachts in dem Studio zu laufen, aber nicht einmal mein trockener Mund, mein heftiges Trinkbedürfnis, ließ mich die Blondine vergessen. Immer wieder sah ich vor mir, wie sie stürzte. Ich erkannte in ihrem anorektischen Wahn eine Parodie meines selbst auferlegten Wasserentzugs. Das ständige Surren des Laufbands tröstete mich nicht mehr. Ich fing an, kurz vor Sonnenuntergang am Strand zu joggen. Das tue ich bis heute. Wir sind ein ganz ansehnliches Häuflein, alle mittleren Alters, wie wir da schwitzend und einsam die Küste auf und ab laufen, auf der einen Seite endlose trockene Sandflächen, auf der anderen das endlose, untrinkbare Meer.

Fünfzehntes Kapitel

Nicht lange vor ihrem Tod schickte mich Dalia eine Flasche Château d'Yquem kaufen.

»Das wird nett«, sagte sie. »Wir können uns auf die Terrasse setzen und ihn trinken.«

Ihre Krankenschwester und ich wechselten Blicke. Dalia griff in eine Schublade neben ihrem Bett und zog ein Bündel Zwanziger heraus.

»Keine Widerrede. Tu einfach, was man dir sagt.«

Ich hatte Mühe, den Wein zu finden, und als ich zu Dalia zurückkam, hatte die Schwester sie schon eingemummt und auf die Terrasse hinausgeschoben. Die Stahlstange in Dalias Rückgrat hielt sie in ihrem Rollstuhl aufrecht. Sie hatte Lippenstift aufgelegt. Ihr Haar war nach oben und hinten gekämmt und zu einem Knoten gefaßt worden. Unter der Decke und ihrem rüschenbesetzten Morgenmantel fraß der Krebs an ihren Knochen.

Ich war nervös. Ich ließ den teuren Wein zu

lange im Tiefkühlfach, und er wäre beinahe gefroren. Dalia machte das nichts aus. Sie nippte nur ein-, zweimal an ihrem Glas, nachdem ich eingeschenkt hatte. Sie starrte lange in ihren Garten.

Mit müder Stimme sagte sie: »Um dich mach ich mir keine Sorgen.«

Dalia war eine alte Freundin unserer Familie. Sie hatte meinen Eltern zugeredet, mich ins Ausland auf die Schule zu schicken. Wenn sie streikten, übernahm sie meine Erziehung. Sie stieß mich in die Welt hinaus. Sie schickte mir auch Geld zum Ausgeben. Die mit einer verschnörkelten altmodischen Schrift adressierten Umschläge enthielten fünfzig Dollar. »Geh und kauf dir ein paar Unterhosen und Socken«, schrieb sie dazu. Oder: »Laß dir die Haare schneiden. Wahrscheinlich siehst du aus wie ein wildes Tier.«

Sie ließ mich auch zum ersten Mal Château d'Yquem kosten, in ihrem Wohnzimmer mit dem großen Kamin, den großen Sofas und dem großen schwarzen Königspudel namens Cocoa. Dalia mochte mich, glaube ich, weil ich mir ihre Geschichten über den Krieg anhörte, über die Flucht ihrer Familie aus Lettland.

»Das einzig Gute an den Russen«, erzählte sie, »war, als sie einmarschiert sind. Das waren richtige Mistkerle. Sie waren betrunken und gewalttätig.

Man hat sofort gewußt, woran man bei ihnen ist. Die Nazis dagegen, die waren anfangs höflich.«

An dem Abend, als sie mir mein erstes Glas Yquem reichte, sagte sie: »Du wirst lernen, ihn zu lieben.«

Der klare honigfarbene Wein war süß und ganz anders als alles, was ich jemals getrunken hatte. Ich hätte nie geglaubt, daß etwas Süßes so kompliziert sein kann.

»Schmeckst du's?« fragte sie. »Dieser komische Geschmack. Ganz schwach. Er schmeckt wie frische Honigwaben.«

Der »komischen Geschmack« in meinem Glas süßen Yquems war *pourriture noble*, Edelfäule. So nennen die Franzosen den Pilz *Botrytis cinera*, wenn er Trauben im Südwesten Frankreichs befällt. Greift der Pilz andernorts Birnen oder Erdbeeren an, wird er zur gänzlich unedlen Graufäule. Südlich von Bordeaux, in der Region Graves, hoffen die Winzer darauf, daß ihre Weinberge von *pourriture noble* befallen werden. *Botrytis* läßt die Beere schrumpfen, so daß Bukett und Süße konzentriert werden. Aus den erkrankten Trauben werden dann berühmte edelsüße Weißweine gekeltert, von denen der Chateau d'Yquem der beste ist.

Botrytis ist kapriziös. In manchen Jahren überzieht er ganze Weinberge, in anderen erhebt er nur einzelne Weinstöcke in den runzligen Adelsstand. Es gibt Jahre, in denen er sich überhaupt nicht blikken läßt, und dann steht Graf Alexandre de Lur-Saluces, der Produzent von Chateau d'Yquem, jeden Morgen aufs neue vor seinen hoffnungslos gesunden Reben. Schlägt *Botrytis* jedoch zu, lassen sich Winzer wie der Graf auf eine Nervenprobe ein: Je stärker die Edelfäule, desto besser der Jahrgang. Zögern die Winzer die Lese zu lange hinaus, etwa bis Anfang November, kann Regen die Weinberge durchfeuchten und die Trauben dick, fad und unbrauchbar machen. Manchmal wird der Winzer, der die Nerven behält, jedoch reichlich belohnt. Wahrhaft edelsüßer Yquem erzielt Preise von dreihundert Euro oder mehr pro Flasche.

»Ich bin müde«, sagte Dalia an dem Nachmittag auf ihrer Terrasse. »Ich muß mich ausruhen. Trink deinen Wein aus, und dann komm und verabschiede dich.«

Die Schwester schob sie in ihr Zimmer, half ihr ins Bett, deckte sie zu. Ich stand in der Tür und überlegte, was ich sagen sollte. Ich hätte mich gern bedankt, wußte aber nicht, wie. Ich dachte, ich hätte noch viel Zeit, »ich danke dir« könnte vielleicht zu endgültig klingen. Ich dachte, »ich danke dir« könne bis zur letzten Minute warten.

Dalia schaute auf. »Steh nicht so rum mit deinem

mitleidigen Blick. Geh tanzen oder so was. Führ ein Mädchen zum Essen aus.«

Jeden Herbst fahre ich zu dem Friedhof hinaus, auf dem Dalia begraben ist. Und nie kann ich mich erinnern, wo ihr Grabstein steht. Ich bin immer überrascht, wenn ich ihn dann doch finde. Als verspätetes Dankeschön stutze ich das Gras rings um den Stein und wische den Staub von den eingravierten Buchstaben ihres Namens.

»Sündige in Eile«, sagte Dalia immer, »und bereue mit Weile.«

Ich habe mir Zeit gelassen. Zwanzig Jahre sind vergangen. Sie fehlt mir noch immer.

»In dem kleinen Dorf, aus dem ich komme«, erzählte sie mir an dem Abend, als ich meinen ersten Château d'Yquem trank, »hatten wir einen alten Brauch. An seinem ersten Schultag bekam jedes Kind vom Rabbi eine Schiefertafel, auf die die ersten beiden Buchstaben des hebräischen Alphabets mit Honig geschrieben waren. Der Rabbi bat das Kind, die Buchstaben aufzulecken und dann mit Hilfe der Tafel lesen und schreiben zu lernen. So würde es sich immer daran erinnern, daß Lernen so süß wie Honig sei.«

Die Frau war Anfang Vierzig. Lange braune Haare. Bluejeans. Baumwollbluse. Sandalen. Auf der Veranda, auf der sie stand, zog sie Farne und ein paar Begonien.

Sie beäugte mich mißtrauisch. »Kann ich Ihnen helfen?«

Ich erklärte ihr, daß ich in dem Haus aufgewachsen sei, das sie jetzt bewohnte. Ich sagte, ich hätte auf der Veranda gespielt, auf der sie jetzt stehe. Ich erklärte, ich hätte gerade ein Haus gekauft, nur ein paar Straßen weiter, ein glücklicher Zufall. Ich sagte, ich hätte nur einmal sehen wollen, wie mein Elternhaus jetzt aussehe.

»Sie stehen da und starren mein Haus an«, sagte sie, laut, als sollten die Nachbarn es hören. »Das ist mir unangenehm. So was gehört sich nicht. Wenn Sie nicht gehen, rufe ich die Polizei.«

Ich fand, es gehörte sich nicht, daß sie die Rosenstöcke meiner Mutter ausgerissen hatte. Und das eichhörnchenförmige Windspiel, das sie quer über die Veranda gehängt hatte, fand ich auch ziemlich daneben. Aber ich lächelte. Ich entschuldigte mich und ließ sie mit ihren Farnen, ihren Begonien und ihrem Windspiel allein.

Ich hätte ihr gern den wahren Grund gesagt, warum ich vor ihrem Haus stand. Es war Herbst, und ich hatte in meinem Lieblingsgeschäft Granatäpfel gesehen. Ich wollte wissen, ob in unserem Garten immer noch ein Granatapfelbaum stand.

Ich weiß, daß jede Kindheit ihre Kümmernisse hat. Wenn ich zurückdenke, kommt es mir so vor, als sei immer Sommer gewesen. Aus dem Fenster meines Zimmers sah man auf den Granatapfelbaum, sogar bei Mondschein. Aus der Stereoanlage im Zimmer meines Bruders kam *Revolver* von den Beatles, dann *Sgt. Pepper's Lonely Hearts Club Band.* Eines Sommers, im August, spielte er dann *Magical Mystery Tour*, Abend für Abend. Und er spielte *Your Mother Should Know*, immer wieder, als sei es ein Wiegenlied.

In dem Sommer war meine Großmutter krank. Meine Mutter besuchte sie jeden Tag im Krankenhaus. Mich ließ sie bei einer Nachbarin. Mit der Zeit wurde ich unleidlich, neigte zu Wutanfällen und Weinkrämpfen. Wenn ich zur Nachbarin gebracht werden sollte, rannte ich weg und verkroch mich unter meinem Bett. Meine Mutter konnte sich nicht erklären, was in mich gefahren war. Mein Bruder wußte es, glaube ich.

Die Traurigkeit eines Kindes ist so überwältigend, weil es keine Vergleichsmöglichkeit hat. Natürlich gibt es Tröstungen, die auf ihre Art genauso überwältigend sind. Mein Trost war unser Granatapfelbaum. Wenn meine Mutter mich bei der Nachbarin abholte, rannte ich durchs Haus in den Garten und kletterte auf den Baum, so hoch hinauf wie möglich.

Meine Mutter stand unten und schaute verwundert herauf. »Du siehst aus wie ein kleiner Vogel da oben. Baust du dir ein Nest?«

Im Spätsommer färbten sich die Blätter des Granatapfelbaums leuchtend gelb. Die Frucht war hellrosa bis dunkelrot. Es gibt viele Sorten, aber unserer war, glaube ich, ein Eversweet, denn er lieferte reife Früchte von August bis November. Oder vielleicht war es auch eine der Sorten, die in San Diego gezüchtet wurden, wie Renan's Sweet oder King. Ich bin mir nicht sicher.

Ganz anders als jede andere Frucht, ganz sich selbst genügend, ist der Granatapfel mit seinen geheimnisvollen Kammern und seinen glitzernden Kernen genau das Richtige für ein Kind. Er hat etwas von einem Spielzeug, und es ist ein Spiel, ihn zu essen. Granatäpfel beflügeln die schlichte Phantasie. Vielleicht kommen sie deshalb so oft in der religiösen Literatur vor: der Mythos von Persephone, der Toten- und Fruchtbarkeitsgöttin; das *Hohelied*: »Deine Wangen sind wie der Ritz am Granatapfel zwischen deinen Locken.« »Da wollte ich dich tränken mit gewürztem Wein und mit dem Most meiner Granatäpfel.«

Aus dem zweiten Buch Mose wußte ich, daß kleine Granatäpfel den Saum des Rockes schmückten, den Aaron anhatte, wenn er die Stiftshütte betrat. Diese biblische Geschichte muß mir im Kopf herumgegangen sein, wenn ich auf unserem Baum saß und Granatäpfel aß. Die Frucht gehörte nicht in unseren Garten, sondern in eine längst vergangene Zeit und ein fernes Land. Ich muß mir Sand und Sonne vorgestellt haben, Pyramiden, Feuersäulen, Szenen schauriger Gerechtigkeit.

Granatäpfel entführten meine Phantasie in eine große fremde Welt, weit entrückt von allem, was mich verwirrte und ängstigte. Vielleicht ist das der Grund, warum ich später der Romantik des Reisens erlegen bin, der Verheißung, daß man seine Sorgen hinter sich lassen kann, daß es überall besser ist als hier.

Und der kleine Junge, der sich auf dem Granatapfelbaum versteckte, wurde erwachsen und reiste. Er hat sich umgetan. Er kennt sich aus. Deshalb empfand ich es als eine Niederlage, daß ich in mittleren Jahren in meine Heimatstadt zurückkehren mußte, wo ich dann feststellte, daß das einzige Haus, das ich mir leisten konnte, nur ein paar Straßen von dem entfernt war, in dem ich aufgewachsen bin. Vielleicht doch kein so glücklicher Zufall.

Ich feierte meinen ersten Rosch Ha-Schana in meinem neuen Zuhause. Granatäpfel mit ihren vielen Kernen symbolisieren Hoffnung, Fruchtbarkeit, Wohlstand. Also das übliche, was man sich von einem jüdischen neuen Jahr wünscht. Nach dem Essen bot ich meinen Gästen Granatäpfel an. Ich brach die Früchte in eine Schüssel Wasser. Die Kerne sanken, die Schale schwamm oben. Ich wußte, daß ein paar Straßen weiter der Baum meiner Kindheit, wenn er denn noch stand, mit Früchten beladen war. Wir müssen im Leben zu vielerlei zurückkehren. Manches davon ist süß.

»Kimberly hat so große Zähne, und ihr Gesicht ist zu breit«, sagte Leon und trank seinen letzten Schluck Kaffee aus einem winzigen weißen Täßchen. »Ich interessiere mich nicht die Bohne für sie. Aber sie läßt nicht locker.«

Als ich Leon Anfang der achtziger Jahre kennenlernte, importierte er pompöse französische Antiquitäten, die er an die älteren Damen von La Jolla zu verkaufen hoffte. Er war ein gutaussehender, schnurrbärtiger Mann mit jettschwarzem Haar und wach wie ein Terrier. Sein französischer Charme bewegte nicht viele Waren, aber die Verkäuferinnen in den umliegenden Geschäften fanden ihn unwiderstehlich. Ständig kamen sie vorbei, um ein Täßchen von dem starken Kaffee zu trinken, den er in der kleinen französischen Kanne, der Cafetière, auf einer Kochplatte im hinteren Teil seines Ladens zubereitete. Das war lange, bevor Starbucks an jede amerikanische Straßenecke ein Café pflanzte. Espresso war noch exotisch. Amerikanischen Kaffee fand Leon »un-ge-nieß-bar«.

Da er die nachdenklichen Französinnen gewohnt war, schüchterten amerikanische Frauen ihn ein. Und keine Amerikanerin ging ihm mehr auf die Nerven als Kimberly, eine grobknochige, freimütige Blondine aus Iowa, die nicht weit von seinem Laden, in derselben Straße, ein Reisebüro hatte. Kimberly entwickelte eine Vorliebe für Leons dunklen französischen Kaffee. Nicht lange, und sie kreuzte mit Schachteln importierten Würfelzuckers und Tips über verbilligte Urlaubsreisen nach Acapulco bei ihm auf. Immer, wenn ich Leon besuchte, um ihn zu fragen, wie die Geschäfte gingen, oder mich nach seiner Schwester zu erkundigen, die ich in Israel kennengelernt hatte, beklagte er sich über Kimberly.

»Die denkt, sie kriegt mich rum. Aber das schafft sie nicht. *Jamais.* Niemals. Letzte Woche war ich mit einer jungen Französin zusammen, und weißt du was? Es gibt nichts Besseres. Es ist ein solches Vergnügen, eine Frau zu haben, die einen eigenhändig auszieht.«

Ich kannte Frauen, die Gleichgültigkeit gegenüber Männern heuchelten, die sie in Wahrheit begehrten. Aber noch nie hatte ich einen Mann gekannt, dessen Gleichgültigkeit nicht aufrichtig war. Mehrere Monate kümmerte ich mich kaum um Leon. Als ich dann eines Tages vorbeikam, teilte er mir mit, er sei mit Kimberly verlobt.

»Wir gehen zurück nach Nizza. Kimberly möchte in Frankreich leben. Sie verkauft ihr Reisebüro. Ich werde mexikanische Stiefel importieren!«

Ich schaute noch einmal bei Leon und Kimberly vorbei, als sie ihre Sachen packten. Umgeben von Kisten, auf den Wangen Staub, trug Kimberly ein großes Iowa State University Sweatshirt und konnte die Hände nicht von Leon lassen. Ich fragte mich, wie sie in Nizza zurechtkommen würde, umgeben von Leons komplizierter algerisch-jüdischer Familie. Ich rief Leon an, nachdem er und Kimberly sich in Frankreich eingerichtet hatten. Er grunzte, als er ans Telefon kam. Er sagte, er sei dabei, den Herd zu putzen. Kimberly hatte irgend etwas mit der Cafetière angestellt, und diese war explodiert. »Die kapiert noch nicht mal, wie man Kaffee kocht.«

Kimberly lernte dann doch, wie man mit einer Cafetière umgeht, und verwandelte sich dank unnachsichtiger Unterweisung durch Leon und seine Familie in eine richtige *bonne bourgeoise*, eine schlankere, besser manikürte Version der Frau aus Iowa, die sie einmal gewesen war. Als ich sie schließlich in Nizza wiedersah, trug sie adrette Chanel-Kostüme. Sie nahm Zeichenunterricht an einer Kunstschule, während Leon die Côte d'Azur mit mexikanischem Schuhwerk versorgte.

Es war ein tropischer Abend, und die Wohnung der beiden hatte große Glasschiebetüren mit Blick aufs Mittelmeer. Wir aßen zu Abend – Fisch, den Kimberly gedünstet hatte, ein Salat aus bitterem Grünzeug. Leon ging früh zu Bett. Kimberly brachte Kaffee auf einem Tablett ins Wohnzimmer, wo wir uns auf breiten Ledersofas niederließen. Sie tat einen Würfel Zucker in ihre Tasse und rührte um. Schwerer Kaffeeduft verbreitete sich im Zimmer.

»Hat Leon dir von unserer Reise nach Marokko erzählt? Das war nach meiner Fehlgeburt. Wir brauchten einen Tapetenwechsel. Marokko ist fabelhaft. Die Menschen sind wunderbar, sehr herzlich. Ich war überrascht, daß so viele der Männer dort wie Leon aussahen. Die gleiche Hautfarbe. Die gleichen Augen. Du weißt schon, dunkel. Nordafrikanisch. Wir hatten eine herrliche Zeit. Himmlisches Essen. Alle sprechen Französisch. Die haben *mich* für eine Französin gehalten. Wahrscheinlich haben sie meinen Akzent nicht rausgehört. Leon und seine Familie hören *ständig* meinen Akzent raus.«

Sie hielt inne, machte ein Gesicht, als werde sie gleich etwas Wichtiges von sich geben, überlegte es sich dann anders. Sie entschuldigte sich und ging zu Bett. Ich trank meinen Kaffee allein aus. Am nächsten Morgen verließ ich Nizza. Ich habe Kimberly seither nicht wiedergesehen. Auf meinem Schreibtisch zu Hause habe ich jedoch eine Kunstkarte von einem Cézanne stehen, *Femme à la cafetière*, Frau mit Kaffeekanne. Auf dem Gemälde starrt eine breitgesichtige Frau in blauem Kleid vor sich hin, als läge ihr etwas auf dem Herzen. Auf dem Tisch neben ihr sieht man eine Tasse, eine Untertasse, einen Löffel und eine Cafetière.

Ich kann mir den Kaffeeduft in dem dunkel getäfelten Zimmer der breitgesichtigen Frau vorstellen, derselbe Geruch, der, wie französischer Tabak, so viele französische Interieurs durchzieht – Cafés, Restaurants, Küchen. Die Franzosen gehörten zu den ersten Europäern, die Kaffee tranken. Ende des siebzehnten Jahrhunderts machte der türkische Botschafter den französischen Adel damit bekannt, dessen feine Damen das Gesicht verzogen und ihre

Fächer zittern ließen, wenn sie zum ersten Mal mit dem fremdländischen Zeug konfrontiert wurden.

»Du wirst es nicht glauben«, schrie Leon ins Telefon, etwa ein Jahr nachdem ich ihn und Kimberly besucht hatte. »Sie hat mich verlassen. Ich war wegen Nierensteinen im Krankenhaus, und sie ist gekommen und hat mir eröffnet, daß sie mich verläßt. Sie ist nach Marokko. Ich bin überzeugt, sie hat Affären mit Marokkanern.«

Ich hörte ihn an einer seiner unvermeidlichen Gitanes ziehen.

»Ich glaube nicht, daß sie mich überhaupt jemals geliebt hat.«

Sechzehntes Kapitel

Wir kamen abends in Istanbul an, als die feuchte Bosporusluft sich mit dem rußigen Dunst der Stadt zu einem graphitgrauen Nebel vermischte. In Istanbul heizt man mit Öl. Der Nebel hatte einen schmutzigen, schwefligen Geruch, der in der Nase blieb und sich in unseren Mänteln und Pullovern festsetzte. Er hielt sich bis weit in den Vormittag, so daß, als die Sonne sich durch das Grau brannte, die Stadt sich uns Stück für Stück enthüllte.

Gegenüber unserem Hotel entpuppten sich die schemenhaften Gestalten, die sich rasch in dem Park bewegten, als Fußball spielende Schuljungen. Das »Schloß« ein Stück die Straße hinunter war die klotzige russische Botschaft, vor der Soldaten mit polierten Automatikwaffen Wache standen. Der Nebel lichtete sich weiter, und wir konnten in der Ferne die Minarette der Großen Moschee sehen.

Mein Freund Ron und ich waren nach Istanbul gereist, weil die Flugpreise günstig waren und weil Ron in der Stadt geboren wurde. Er hatte hier gelebt, bis er fünf war, und war seit dreißig Jahren nicht mehr hier gewesen. Wir wollten die jüdische Gemeinde Istanbuls besuchen, die einmal eine der größten in diesem Teil der Welt gewesen war. Im fünfzehnten Jahrhundert wurden aus Spanien vertriebene Juden in der Türkei mit offenen Armen aufgenommen, und jahrhundertelang hatten sie in Istanbul ein gutes Leben.

Auf der Straße sah ich Typen, die ich nicht einordnen konnte: sehr hoch gewachsene Menschen mit hohen Backenknochen; kurze, rotgesichtige Menschen, die wie Inuit aussahen. Wer waren sie? Ron wußte es nicht. Und er konnte niemanden fragen. Er könne kein Türkisch mehr, sagte er. Gleich nach der Ankunft war er in träumerisches Schweigen verfallen. In einem alten jüdischen Teil der Stadt besuchten wir ein jüdisches Altersheim. Viele der Insassen sprachen offenbar nicht nur Türkisch und Ladino, einen hebräisch-spanischen Dialekt, sondern auch Italienisch.

Italienisch?

»Weil«, erklärte ein Achtzigjähriger, »mein Cousin eine Italienerin geheiratet hat.«

Ich wollte das Ron erzählen, konnte ihn aber nicht finden. Er war im obersten Stock des Heims und schaute unbewegt aus einem Fenster.

Am vierten Tag unserer Reise wurde einer der bekanntesten Journalisten der Türkei von einem muslimischen Extremisten ermordet. Wir waren zu Besuch in der Redaktion einer jüdischen Zeitung, als die Nachricht durchkam. Die hübsche Chefredakteurin hatte uns gerade auf französisch erklärt, ja, natürlich, die türkischen Juden genössen uneingeschränkte religiöse und politische Freiheit. Während sie diese Freiheit näher erläuterte, machte sich ihre Sekretärin daran, nacheinander alle Jalousien vor den Fenstern herunterzulassen und alle Lampen auszuschalten.

In der Nacht gab es überall in der Stadt zahlreiche Straßensperren. Mehrmals wurde unser Taxi von der Polizei angehalten. Man kontrollierte ausführlichst unsere Pässe. Ron und ich landeten in einem traditionellen Restaurant, in dem es eine Treppe höher sogar einen Raum für Frauen ohne Begleitung gab. Die Speisekarte war in türkisch. Unser Ober sprach kein Englisch. Ron starrte auf die Karte. Plötzlich sagte er: *»Visne.«* Der Ober nickte, entfernte sich und kam mit einem Glas einer rubinroten Flüssigkeit wieder. »Kirschsaft«, erklärte Ron. »Den hab ich als Kind getrunken.« Er schaute noch einmal in die Speisekarte. »*Patlican.* Das ist Aubergine.« Ein paar Sekunden später: »*Nohut.* Das sind Kichererbsen.«

Der »Kirschsaft«, der einen Schalter in Rons Gedächtnis umgelegt hatte, war vermutlich aus einem *surup*, einem Sirup, der Art hergestellt, wie sie während der muslimischen Eroberung in der Türkei eingeführt wurde. Die Türken lernten damals, aus Fruchtsirup Getränke und, im Sommer, Sorbets zu bereiten. Die Briten, die im achtzehnten Jahrhundert in die osmanische Welt vorstießen, waren fasziniert von diesen Sorbets und Sirups, von der Vorstellung üppiger türkischer Frauen, die sich in Bädern räkelten und Fruchtsäfte tranken, während junge Sklavinnen ihnen das Haar flochten.

Ich glaube, die Sirups bleiben einem im Gedächtnis, weil sie so intensiv duften. Der Kirschsaft, den ich in meiner Küche aufbewahre, riecht stark nach reifen Kirschen. Sein Aroma ist scharf, süß, ein bißchen säuerlich. Dieses Aroma machte aus Ron eine türkische Plaudertasche. Nach seinem ersten Schluck Kirschsaft fielen ihm plötzlich wieder türkische Wörter und Wendungen ein. Er fing an, die Straßenschilder vorzulesen.

Die Ehe seiner Eltern war nicht glücklich gewesen. Sie hatten sich scheiden lassen, nicht lange, nachdem sie aus Istanbul weggezogen waren. Ron hatte noch eine Tante in Istanbul. Sie fiel ihm um den Hals, als sie ihn sah. Sie weinte. Sie bot uns Kirschsaft an. Sie setzte uns Hühnerbrust in Walnußsauce vor. Wie die meisten türkischen Juden fühlte sie sich der Türkei sehr verbunden und war sehr nationalistisch. Als wir den übel riechenden Nebel erwähnten, schnalzte sie mißbilligend mit der Zunge und sagte: »Istanbul hat die sauberste Luft der Welt.«

Als unser Aufenthalt in Istanbul zu Ende ging, bedauerte Ron es, die Stadt verlassen zu müssen, obwohl seine Kindheit hier nicht glücklich gewesen war. Am Morgen unserer Abreise warteten wir vor unserem Hotel auf ein Taxi. Ein scharfer, kalter Ostwind vertrieb den Nebel. Zum ersten Mal hatten wir einen klaren Blick über den ganzen Park. Zu Rons Überraschung konnten wir auf der anderen Seite des Parks das Gebäude sehen, in dem er als Kind gewohnt hatte.

Siebzehntes Kapitel

Als ich siebzehn und schon behaart war und in Japan lebte, machten wir einen Schulausflug nach Kyushu, der südöstlichen Insel des Archipels. Am ersten Abend drängten wir, ich und sechzig japanische Jungen, ins Gemeinschaftsbad unserer Herberge, um uns ausgiebig in der schwimmbeckengroßen Wanne zu aalen. Ich hatte gerade meine Boxershorts in einen kleinen Plastikkorb gelegt, als einer meiner Klassenkameraden auf mich zukam und mich an meinem schwarzen Brusthaar zupfte.

»Ara!« sagte er. *»Gorira mitai ya na!«* (»He, du siehst aus wie ein Gorilla!«)

Er war aus einem ärmeren Viertel von Kioto und hatte noch nie einen nackten weißen Jungen gesehen, geschweige denn einen stark behaarten. Er sprach mit einem schauerlichen südlichen Akzent.

Alles grölte. Er kicherte, gab mir einen Klaps auf meinen flaumigen Hintern und rief: *»Keito!«*

Keito – behaarter Barbar – ist das japanische

Schimpfwort für einen Weißen. Der Spitzname blieb mir, und durch irgendeinen rätselhaften Prozeß holte er mich wieder ein, als ich Jahre später als Assistent des Sushikochs in einem japanischen Restaurant hier arbeitete. Der Koch hieß Takegawa. Das Restaurant hieß Miki-San. Anfang der achtziger Jahre war es beliebt bei japanischen Geschäftsleuten, die Takegawa erheiterte, indem er mich *keito* nannte, allerdings ergänzt um das ehrenhafteste Suffix *-sama*. Ich war *»keitosama«*.

»Ehrenwerter behaarter Barbar, ich brauche mehr Tintenfisch!«

»Ehrenwerter behaarter Barbar, bringen Sie mir noch ein Glas Wodka!«

Takegawa trank wie ein Fisch, wenn er seine scharfen Sushimesser schwang. Eine meiner Aufgaben war es, ihm seine Drinks von der Bar zu holen. Eine andere war es, den fangfrischen kalten, gummiartigen Oktopus zu waschen. Außerdem mußte ich die weich behaarten Shisoblätter waschen und trocken tupfen, auf denen Takegawa seine opalisierenden Sashimischeiben arrangierte.

Shiso, oder Perilla, gehört zur Gattung der Minzen und hat wie etliche verwandte Arten eine feine Flaumbehaarung. Nimmt man ein Shisoblatt in den Mund, spürt man mit der Zunge die Rauheit. Shiso hat ein ungewöhnliches Aroma – fleischig, ein bißchen wie Basilikum –, und wenn Takegawa gerade nicht hersah, knabberte ich ab und zu ein paar Blättchen. Nach der Arbeit steckte ich mir ein Dutzend davon in die Tasche, fuhr an den Strand, setzte mich, nach rohem Fisch riechend, auf eine Mole, schaute auf die Wellen hinaus, kaute Shiso und kramte in Erinnerungen an Japan.

Ich war dort glücklich gewesen, obwohl ich mir die Augen verdorben hatte, weil ich nächtelang japanische Schriftzeichen lernte und Hunderte davon abmalte. Um Zeitung lesen zu können, muß man ungefähr eintausendachthundert Zeichen kennen. Als ich Japan verließ, kannte ich wahrscheinlich erst rund achthundert, von denen mir die meisten Michiko beigebracht hatte, die an der höheren Schule in der letzten Klasse war und mir angeboten hatte, mir im Austausch gegen Englischstunden Unterricht zu geben. Michiko war Protestantin, eine Seltenheit in Japan, und wahrscheinlich sah sie deshalb eine Gemeinsamkeit zwischen uns, weil ich Ausländer war. Spätnachmittags, wenn ihre wachsame Mutter in der Küche herumtappte, erweiterten wir unseren beiderseitigen Wortschatz mit Hilfe dicker Stapel Karteikarten. Einmal pro Woche servierte ihre Mutter uns ein Abendessen, oft mit kleinen Scheiben von rohem Thunfisch, die in Shisoblätter gewickelt waren.

Natürlich zeigte ich mich für die Großzügigkeit dieser Frau erkenntlich, indem ich mit ihrer Tochter schlief. Es passierte in einer Wohnung, die einer Freundin von Michiko gehörte, einer Französischlehrerin, die den Sommer über in Lyon war. Michiko und ich balgten uns auf der Tatami. Draußen lärmten die Zikaden. Drinnen tanzten Moskitos an der Decke. Der Schweiß brannte mir in den Augen. Ich war nervös wegen meines Körpergeruchs: Manche Japaner sagen, daß Weiße wie ranzige Butter riechen. (Nicht ohne Grund: Unsere Achselhöhlen sind schwammig von den vielen Schweißdrüsen, Japaner haben nur relativ wenige.) Mein Judolehrer hatte mich einmal nach Hause geschickt; ich sollte meinen Anzug waschen. »Er stinkt nach Ausländer«, behauptete er. Falls Michiko fand, daß ich schlecht roch, behielt sie das für sich.

Ich glaube, mein behaarter Körper gefiel ihr und stieß sie zugleich ab. Sex an sich war neu für sie, und Sex mit einem Jungen, der so fremdländisch aussah, mußte natürlich doppelt seltsam sein. Ich weiß noch, daß ich mich über die Klarheit ihrer schweißnassen Haut wunderte. Was wir als Teenager unter Sex verstanden, war eher eine unbeholfene Parodie. Wir wußten zuwenig, als daß es schön hätte sein können. Michiko blutete. Es ging uns ohnehin nicht darum, Spaß zu haben. Worauf wir aus waren, war der Reiz des Verbotenen. Ich weiß noch, daß ich mich stöhnend auf sie legte, weil ich es wollte. Ich war zu jung, um zu begreifen, daß es nicht unbedingt gut ist, sich immer das zu nehmen, was man haben will.

Wir lösten uns voneinander und lagen keuchend da. Unsere feuchten Rücken klebten an der Tatami. Ich fühlte mich unendlich fern von zu Hause. Michiko setzte sich auf, zog die Knie an die Brust und fing an zu weinen. Die Zikaden pulsierten draußen vor den Fenstern. Ich legte ihr den Arm um die Schultern. Sie stieß mich weg. *»Dame ya!«* Nein!

Sogar meinem von Hormonen benebelten Gehirn dämmerte es, daß ich womöglich eine Freundin verloren hatte. Vielleicht ahnte ich sogar, daß es irgendwie noch komplizierter war. Ich saß neben ihr und rieb mir die Kniescheiben, die von der Tatami rot schraffiert waren. Michiko hielt sich die Hand vors Gesicht und weinte immer weiter. Mit der anderen Hand streichelte sie die Haare auf meinem Unterarm.

Ich zitiere aus *Eating Together: Recollections & Recipes*, den kulinarischen Erinnerungen von Lillian Hellman und Peter Feibleman, ihrem zeitweiligen

Liebhaber und lebenslangen Vertrauten. Feibleman schreibt: »Von der Ostküste bis zur Westküste werden Sie in fast jedem Reisrezept, das Ihnen unterkommt, die strikte Vorschrift finden, gekochter Reis müsse trocken, weiß und duftig sein. Vergessen Sie's. In New Orleans, nicht anders als in Indien und anderen Ländern, in denen Reis ein Grundnahrungsmittel ist, mögen die Menschen Reis lieber feucht, farbig und klebrig.«

Wie Feiblemans Kommentar vermuten läßt, ist *Eating Together* kein verläßlicher Ratgeber. Feibleman und Hellman soffen zusammen, und ihre Rezepte und »Küchentips« sind voll von Geschrei und Gefummel in einer heißen Küche, wo sie, Bourbon oder Burgunder in der Hand, überlegen, ob sie den Schmorbraten vor einer Stunde oder gestern nachmittag in den Ofen geschoben haben. Ich erwähne *Eating Together* nur, um zu zeigen, daß selbst ein so zweifelhafter Kochkünstler wie Feibleman eine dezidierte Meinung zu Reis hat.

Fast überall, wo man Reis ißt, so sagt man, haben die Menschen das Kochen von Reis zu einer hohen Kunst entwickelt. Kein anderes Grundnahrungsmittel ist von so vielen Tabus und rituellen Beschränkungen umgeben. Claudia Roden zählt in *A Book of Middle Eastern Food* vier grundlegende Arten auf, einfachen weißen Reis zu kochen, räumt aber auch ein, daß im gesamten Nahen Osten »jede Familie eine bestimmte Methode bevorzugt und alle anderen mit Skepsis betrachtet, zutiefst überzeugt, daß es völlig unmöglich ist, auf irgendeine andere Art zufriedenstellende Resultate zu erzielen«. In Shizuo Tsujis *Japanese Cooking: A Simple Art*, einem klassischen Text, nehmen die Anweisungen zum Kochen von Reis fünf volle Seiten ein: »Den Reis mit kaltem Leitungswasser bedecken und etwa dreißig Sekunden lang rasch mit den Händen umrühren, bis das Wasser milchig wird. Den Reis nie in diesem milchigen Wasser stehenlassen … Das milchige Wasser abgießen und den Reis erneut in frischem Leitungswasser waschen. Diesen Vorgang so lange wiederholen, bis das Wasser *fast* klar ist. Man muß etwa fünf Minuten lang waschen, abgießen und waschen, um den Reis ausreichend zu reinigen. Die Strafe für zu hastiges Waschen ist, daß der Reis dann ›riecht‹. Bei den späteren Waschgängen sanfter umrühren als beim ersten, damit die Körner nicht gequetscht werden …« In der Tat, eine simple Kunst!

Gequetschte Körner. Riechender Reis. Fünfmal waschen. Sechsmal waschen. Nicht waschen. Die drahtige alte Schwester meines Vaters schrie jeden an, der sie unterbrach, während sie ihr *orez nabusit prajit* umrührte, eine Art rumänisches Risotto: »Laß mich in Ruhe, ich muß mich konzentrieren!«

Ein Wunder, daß mir nicht die Hände zittern, wenn ich eine Tasse Mahatma-Reis mit extralangem Korn in einen Topf mit siedendem Wasser schütte. (Nicht einmal meine hochgeschätzte Marke Mahatma kommt ganz ohne herrische Anweisungen aus. »UM DIE VITAMINE ZU ERHALTEN«, heißt es auf der Packung, »DEN REIS NICHT WASCHEN, NICHT ABGIESSEN.«)

Lauter Imperative, wie das »du sollst« und »du sollst nicht«, das der hungrige Moses auf dem Sinai hörte. In diesen Reisgeboten schwingt ein klagender Ton mit, ein Echo aus den Zeiten, als Reis und Wasser die einzigen Dinge waren, die zwischen einem selbst und einem langen, knirschenden Abgleiten in eine gefräßige Ewigkeit standen. Ehre den Reis, sonst ergeht es dir übel.

Ich lernte viele Reisgebote kennen, als ich in jungen Jahren in Japan lebte und zu ungebildet und oberflächlich war, um groß darüber nachzudenken, warum sich Menschen an Sitten und Gebräuche halten. Ich tat, wie geheißen. Iß immer deinen Reis auf. Mach der Gastgeberin immer ein Kompliment über ihren Reis. Steck deine Eßstäbchen nie senkrecht in deine Reisschale und laß sie so stehen, denn das tut man nur bei Beerdigungen. In der Familie, bei der ich in Kioto lebte, hatte jeder sein eigenes Paar Eßstäbchen und seine eigene Reisschale. Man tauschte sie nie, und sie gehörten ausschließlich einem selbst, bis man den Haushalt verließ oder starb.

Wir blicken gerade Jahrzehnte zurück. Wer weiß, ob dieser Brauch auch heute noch gilt? Es schneite in Kioto und in den umliegenden Bergen, als ein sehr altes Mitglied meiner Gastgeberfamilie starb. Ich erinnere mich an einen langen Gang eine schmale Straße hinauf, der Schnee knirschte unter den Schuhen. Ich erinnere mich an ein traditionelles Haus in Kioto, vielleicht ein Jahrhundert alt, und an das Wohnzimmer, dessen Decke und Wände vollständig mit weißem Tuch bespannt waren. Ein Sarg aus Kiefernholz stand im vorderen Teil des Raumes. Vor dem Sarg ein kleiner Tisch, darauf eine mit Reis gefüllte blaue Reisschale. Zwei schwarze Eßstäbchen waren senkrecht in den flockigen Reishügel gesteckt worden.

Die Beine auf der kalten Tatami untergeschlagen, ließen wir abwechselnd Weihrauch auf ein Tablett mit glühenden Kohlen fallen. Wir neigten den Kopf, die Handflächen ehrerbietig aneinandergelegt. Am nächsten Morgen kamen wir wieder – diese traditionellen Begräbnisse in Kioto waren eine langwierige Zeremonie. Ich kannte die vielen Trauergäste nicht. Ich kannte die neunzigjährige Verstorbene nicht. Aber ich weiß, daß an dem verschneiten Morgen, an dem wir mit weißen Atemwölkchen vor dem Gesicht zum Haus zurückkehrten, die Familie einen uralten Brauch zelebrierte. Als der Sarg aus dem Haus getragen wurde, stellte sich die älteste Tochter der Verstorbenen mit deren Reisschale in den Händen unter die Haustür. Nachdem der Sarg die Schwelle passiert hatte, schmetterte die Tochter die Schale auf den Boden – ein scharfer, unzerstörbarer Klang in der kalten Luft des Wintermorgens. In diesem Moment hörte ich nach einem Tag und einer Nacht der Trauer zum ersten Mal jemanden weinen.

Achtzehntes Kapitel

Der Pakt, den sie schlossen, war der übliche Pakt, der damals zwischen einem Mann und einer Frau geschlossen wurde. Ein halbes Jahrhundert später schlurft Marty hinter Hannah her, auf dem Weg zur Vollendung des Pakts.

Ich denke über die beiden nach, während ich hartgekochte Eier in eine große grüne Schüssel mit gehackter Leber reibe. Meine Finger riechen nach Blut und rohen Zwiebeln. Meine Haare und mein Bart verströmen den süßen, leicht schwefligen Geruch von gerösteten Zwiebeln.

Jedes Jahr zum Passahfest sorgt Hannah dafür, daß Sue und ich beim Seder nicht weit von ihr und Marty sitzen. Für Hannah sind alle Singles »allein«.

»Niemand«, sagt sie, »sollte beim Seder allein sitzen.«

Letztes Jahr – ich hatte den ganzen Tag gehackte Leber zubereitet, mein üblicher Beitrag zu dem Ereignis – saß ich neben Hannah. Sie stieß mich mit dem Ellbogen an.

»Kein Wunder, daß du keine neue Frau findest«, flüsterte sie mir zu. »Du riechst wie eine Imbißbude.«

Ich hatte den Tag damit zugebracht, mehrere Tassen gehackter Zwiebeln in duftendem Hühnerfett zu braten. Ich grillte ein paar Pfund koschere Hühnerleber in meinem Backrohr. Tintenschwarzes Blut tropfte von den Lebern zischend auf das Auffangblech. Trauriger Rauch schwebte über dem Herd. Blut ist ein allumfassendes Tabu.

Nach jüdischem Gesetz steht eine Frau des Blutes wegen periodisch ihrem Ehemann nicht zur Verfügung. Schon ein winziges Fleckchen Blut in einem frischen Ei macht dieses *trefe*, unkoscher. Blut ist der Grund, weshalb wir grobes Salz auf frisch geschlachtetes Fleisch streuen: Das Salz zieht das Blut an die Oberfläche, von der wir es dann abspülen. Die Leber ist ein blutiges Organ und erfordert eine besondere Behandlung. Sie muß gegrillt werden, damit das Blut abtropft. Ich nehme die ganze Prozedur auf mich, weil Sue meine gehackte Leber mag.

Wir kennen uns seit Jahrzehnten. Seit meiner Scheidung steht Sue jedes Frühjahr eines Abends vor meiner Tür. Mit leuchtenden Augen und schön gekleidet, holt sie mich zum Seder ab. Jedesmal beim Passah ist sie munter, aufgeregt und hübsch. Jedes Jahr um diese Zeit frage ich mich, warum wir nicht, in einem Anfall von pragmatischem Optimismus, heiraten.

Sue klopft an meine Haustür. Ich reiche ihr meine grüne Schüssel mit gehackter Leber. Ein animalischer Zwiebelgeruch steigt von der Schüssel auf. Es ist ein intimer Geruch, ein *körperlicher* Geruch. Er bringt etwas Fleischliches in unsere ansonsten asexuelle Begrüßung.

»Du meine Güte«, kichert Sue. Behutsam nimmt sie die Schüssel in Empfang. »Riecht das gut. Aber ich tu sie doch lieber in den Kofferraum.«

Wir sind zwei von vierzehn Gästen. Vom ersten Augenblick an sind wir mittendrin im vielsprachigen Trubel des Seder. Es sind israelische Chemiker da und jiddisch sprechende polnische Juden aus Mexiko City, türkische Juden aus Mexiko City und amerikanische Juden, die nur Englisch sprechen. Polyglotte Kinder und ein gelber Labrador wuseln um den Tisch. Unsere hochschwangere Gastgeberin steht in der Küche und reibt sich geistesabwesend den Bauch. Ihr türkisch-mexikanischer Mann schenkt Wein für alle ein. Ich sitze neben Hannah, Sue neben Marty. Der Seder beginnt.

Laut lesen wir vor von Lämmerblut, das über die Türen von Sklavenhütten geschmiert wird, um den

Todesengel fernzuhalten. Wir lesen, daß der Nil sich in Blut verwandelte. Wir singen von Fröschen und Blut und Feuerhagel. Auf der Sederplatte verbrutzelte Lammschlegel, gekochtes Ei, Petersilie, Rettich, Matze, Salzwasser, mit Walnüssen gekochte Äpfel – sie erzählen eine Geschichte. Alle gedenken des Exodus, bis auf Marty. Er hat so viele Schlaganfälle gehabt, sein Gedächtnis ist so durchlöchert, daß Hannah sagt, sein Gehirn sehe aus wie »Schweizer Käse«.

»Manchmal denkt er sogar, ich bin seine Schwester.«

Schließlich ist es Zeit für das Abendessen. Wir reichen Gefilte Fisch und meine gehackte Leber herum. Hannah tut sich eine ordentliche Portion auf.

»Es ist gut, wenn ein Mann kocht«, sagt sie, wobei sie mich anschaut, aber mit Sue redet. »Das gleicht manches aus.«

»Ich war nie eine gute Köchin«, sagt Hannah. »Meine Mutter hat's mir nie beigebracht. Gleich nach unserer Hochzeit hat Marty mich gebeten, Eintopf zu machen. Was ist ein Eintopf? Ich erinnerte mich, daß bei dem Eintopf meiner Mutter das Gemüse oben schwamm. Also dachte ich, bei einem Eintopf müssen die Zutaten schwimmen. Und was bringt Sachen zum Schwimmen? Wasser. Also hab ich Wasser dazugegossen. Und noch mehr Wasser. Aber die Karotten und die Zwiebeln und das Fleisch sanken immer nach unten. Ich goß noch mehr Wasser drauf. Schließlich kochte alles zu einem matschigen Brei ein. Nicht einmal ein Hund hätte das Zeug gefressen. Nicht einmal Marty.«

Hannah wischt Marty Matzekrumen von den Lippen. Er starrt sie an, ohne sie zu sehen.

Wir schlagen uns tapfer: Hühnersuppe, Rinderbrust, glasierte Karotten, Kartoffelklöße, noch ein Glas Wein. Wir räumen den Tisch ab und reichen Teller mit Halwa, türkischem Honig und Kokosmakronen herum.

Hannah trinkt ihren koffeinfreien Kaffee. Sie schaut Sue an. Sie schaut mich an. Auf diesen Moment hat sie schon den ganzen Abend gewartet.

»Warum heiratet ihr beide eigentlich nicht?«

Mit gerötetem Gesicht und schwindlig vom Passahwein steht Sue unsicher vom Tisch auf. »Ich glaube, ich brauche jetzt einen Schluck Wasser.«

Hannah sieht ihr nach. »Ein sehr nettes Mädchen. Aber offen gesagt nicht mehr ganz taufrisch.«

Sie tätschelt mir die Schulter. »Genau wie du.«

Die Gäste suchen ihre Mäntel. Marty füttert den Labrador mit einem Stück Matze. Väter mit schläfrigen Kindern auf dem Arm wandern zur Haustür. Sue lacht in der Küche.

Marty haut mit beiden Händen auf den Tisch und schaut zur Decke.

»Dieser Eintopf«, sagt er mit lauter Stimme. »Mein Gott, dieser Eintopf war grauenhaft. Furchtbar! Das Schlimmste, was ich jemals zu mir genommen habe.«

Hannah lächelt. Sie legt ihm die Hand unters Stoppelkinn.

»Nach fünfzig Jahren weiß er nicht mal mehr seinen eigenen Namen.« Sie küßt ihn auf den Mund. »Das einzige, woran er sich nach fünfzig Jahren noch erinnert, ist mein Eintopf.«

Weitere Bücher aus dem
SchirmerGraf Verlag

Leonardo da Vinci
Jede Erkenntnis beginnt mit den Sinnen

Aphorismen, Rätsel, Prophezeiungen. Ausgewählt und aus dem Italienischen übersetzt von Marianne Schneider. 144 Seiten. Leinen mit Schutzumschlag und Lesebändchen

Diese schön ausgestattete Geschenkausgabe lädt Sie dazu ein, das Universalgenie Leonardo da Vinci von seiner wenig bekannten Seite kennenzulernen: als Verfasser geistreicher philosophischer Betrachtungen über den Lauf der Welt und das, was den Menschen umtreibt – seit 500 Jahren verblüffend unverändert, wie sich hier zeigt.
Die hier gesammelten und nach Themen geordneten Notate sind Aphorismen im klassischen Sinn des Wortes: knapp und brillant formulierte Reflexionen über die Welt, die Natur und den Menschen. Die im zweiten Teil gesammelten Rätsel und Prophezeiungen, erdacht zur Erheiterung des Mailänder Hofs, offenbaren nicht nur Witz und Originalität, sondern auch die dunkle Seite ihres Erfinders und seinen unverkennbaren Pessimismus, wenn es um die Zukunft der menschlichen Gesellschaft geht. »Die Menschen aus weit entfernten Ländern werden miteinander sprechen und werden einander antworten.« Ob Leonardo dabei schon ans Telephon dachte?

»Ich halte Leonardo schon seit langem für einen der größtmöglichen Schriftsteller … Er beschreibt die Dinge der Natur mit einer Genauigkeit, in der sich Zartheit, Vertrautheit, Feierlichkeit seltsam mischen.« *Paul Valéry*

Romain Gary
Das Gewitter

Erzählungen. Aus dem Französischen von Carina von Enzenberg und anderen. Ca. 220 Seiten. Leinen mit Schutzumschlag und Lesebändchen

Vor 25 Jahren starb in Paris einer der berühmtesten, erfolgreichsten Schriftsteller des 20. Jahrhunderts: Romain Gary. Aus diesem Anlaß erscheinen erstmals einige seiner schönsten und bisher noch nie veröffentlichten Erzählungen; Erzählungen, bei denen die großen Themen Garys zentral sind – die des Doppel-Ich, der Flucht und des Selbstmords, der ewigen Verschränkung von Liebe und Tod.

Für alle Leser, die das facettenreiche Œuvre Romain Garys kennenlernen möchten, ist dieser Band der richtige Einstieg: Die hier versammelten Erzählungen aus den Jahren 1935 bis 1970, die Romain Gary teils auf französisch, teils auf englisch schrieb, enthalten im Kern die Themen, die seine berühmten Romane *Die Wurzeln des Himmels*, *Erste Liebe – letzte Liebe* und, als Émile Ajar, *Du hast das Leben noch vor dir* schildern.

Ferenc Karinthy
Das goldene Zeitalter

Roman. Aus dem Ungarischen von György Buda. 116 Seiten. Leinen mit Schutzumschlag und Lesebändchen

Józsi Beregi, Frauenheld, Genußmensch und Fußballfan, untergetaucht in einem Budapester Luftschutzkeller, weiß, daß er nichts mehr zu verlieren hat. Und nur weil er sein Leben bis zuletzt in vollen Zügen auskostet, wird er gerettet. Das Meisterwerk des großen ungarischen Autors Ferenc Karinthy erstmals auf deutsch.

Budapest im Dezember 1944. Die Russen stehen vor der Stadt, die ungarischen Pfeilkreuzler sind auf der Jagd nach den letzten untergetauchten Juden. Einer von ihnen, Józsi Beregi, ein Charmeur und Frauenheld, trotzt der Gefahr, indem er unbeirrt seinem hedonistischen Lebensprinzip treu bleibt. Die kleine Hure Nelli, die ihn liebt, beschützt und versteckt, ist die erste im Reigen schöner Frauen, die Beregi verführt, als er schon nichts mehr zu verlieren hat. Während die Bomben auf die Stadt niedergehen, setzt er im Luftschutzkeller, wo nur noch Frauen und Kinder leben – die Männer sind an der Front –, seinen unwiderstehlichen Charme ein.

»Das ganze Buch bezieht seine Kraft aus diesem Spannungsverhältnis: der dramatischen historischen Situation und der frivolen Nonchalance des Helden. Es ist sein unbeschwertes Genießertum, das die Barbarei der Menschen, die ihn jagen, als lächerlich decouvriert.« *Courrier de Genève*

Sybille Bedford
Ein Liebling der Götter

Roman. Aus dem Englischen von Sigrid Ruschmeier. 380 Seiten. Leinen mit Schutzumschlag und Lesebändchen. 2. Auflage

An einem strahlenden Herbsttag der späten zwanziger Jahre reist die junge Flavia zusammen mit ihrer schönen Mutter Constanza von Italien an die Côte. Eigentlich hatten die beiden vor, nach Brüssel weiterzufahren, wo Constanza sich neu vermählen wollte – aber da ihr im Zug ein wertvoller Ring geklaut wird, verzögert sich die Reise erst einmal … Zeit genug für einen Rückblick, der bei Constanzas Mutter Anna Howland beginnt. Die mondäne, neugierige, unternehmungslustige Amerikanerin erobert das alte, adelige, dekadente Europa … Und Flavia, ihre Enkeltochter, die nun in einem Fischerdorf an der Côte d'Azur festsitzt, hofft inständig, am Ende doch noch nach England gehen zu können, um dort die Schulbildung zu erlangen, von der sie immer geträumt hat, und sich aus dem Bannkreis ihrer weiß Gott extravaganten Familie zu befreien.

Einer der berühmtesten europäischen Gesellschaftsromane des 20. Jahrhunderts in neuer Übersetzung.

»Eine glänzend erzählte Geschichte, die stilistisch an Henry James erinnert.« *The New Yorker*

»Ein elegant-ironisches Familienporträt …, in dessen Mittelpunkt drei wundervolle Frauen stehen.« *Brigitte*

Ein »grandioser Roman … in erstklassiger Neuübersetzung.« *Frankfurter Allgemeine Sonntagszeitung*

Sybille Bedford
Treibsand

Erinnerungen einer Europäerin. Aus dem Englischen von Matthias Fienbork. Ca. 380 Seiten. Leinen mit Schutzumschlag und Lesebändchen

Die Erinnerungen der Kosmopolitin, die Literatur, Reisen und gutes Essen fast so sehr schätzte wie ihre Freundschaften mit den europäischen Künstlern und Dichtern ihrer Zeit, sind eine Fundgrube für all jene Leser, die sich den Reichtum und die Dramatik des 20. Jahrhunderts anhand einer außergewöhnlichen Lebensgeschichte vor Augen führen möchten.

Es sind die tatsächlichen Orte, die authentischen Namen, die wahren Begebenheiten, die diese Erinnerungen zu einem kostbaren Zeitdokument einer der letzten großen europäischen Femmes de lettres machen. Erinnerungen, die von Sybille Bedfords Kindheit auf einem badischen Schloß ins Berlin der zwanziger Jahre führen, nach Rom und an die Côte d'Azur, wo sie mit der exilierten europäischen Intelligenzija das Leben einer Bohemienne führte, bis nach New York und ins London der Nachkriegszeit.

»Sybille Bedford … beschwört die Welt von gestern in ihrer eigenwillig-impressionistischen, überaus suggestiven Prosa, ohne der Nostalgie zu verfallen … Eine der großen Schriftstellerinnen des 20. Jahrhunderts.« *Gina Thomas in ihrem Nachruf in der Frankfurter Allgemeinen Zeitung*

János Székely
Der brave Swoboda

Roman. Aus dem Englischen von Leon Scholsky. 171 Seiten. Leinen mit Schutzumschlag und Lesebändchen

Zum ersten Mal auf deutsch: János Székelys brillante, visionäre Parabel um den böhmischen Dienstmann Swoboda erschien als Roman bereits 1943 in New York und feierte 1944 als Theaterstück am Broadway Triumphe.

Es ist Swoboda, der gutmütige Narr, durch dessen Augen der politische Wahnsinn, wenn er Methode hat, in seinem grellsten Licht leuchtet. Anhand des Schicksals dieses gutmütigen Einfaltspinsels wird in diesem meisterhaften Roman, der seine Figuren ebenso liebevoll wie satirisch schildert, eine kurze, aber tödliche Epoche lebendig, die sich jedoch jederzeit und überall wiederholen könnte. Durch die Augen eines Narren sieht die Wahrheit hinter den großen Weltereignissen erschreckend klar aus: Menschenverachtung bringt Feiglinge ebenso hervor wie Märtyrer.

János Székely
Verlockung

Roman. Aus dem Ungarischen von Ita Szent-Iványi. 812 Seiten. Leinen mit Schutzumschlag und Lesebändchen. 5. Auflage

»Von der Donau her wehte ein lauer Wind, der Blumenduft und ein paar Fetzen einer fernen, fast unwirklichen Musik mit sich führte. Es war alles wie ein Traum ...«

Béla kann sein Glück kaum fassen, denn noch scheint diese Welt im Luxushotel, wo er seit kurzem als Liftboy arbeitet, unerreichbar für ihn: ebenso verführerisch wie gefährlich, bevölkert von Spionen, korrupten Gestalten aus der Halbwelt und gleichzeitig den Reichen, Schönen, die nur nachts zu leben scheinen ...

Gerade erst ist Béla seiner Kindheit entronnen, die er als eines von acht Pflegekindern bei der berüchtigten Tante Rozika auf dem Dorf verbrachte, wo er auf Stroh schlafen und für sein Essen arbeiten mußte. Als Béla mit vierzehn in die Budapester Vorstadt zieht, ist sein Entschluß gefaßt: Er will die Armut hinter sich lassen und sie erobern, diese märchenhafte andere Welt. Als im Hotel eines Nachts die geheimnisvolle schöne Gattin Seiner Exzellenz nach ihm klingelt, glaubt Béla seine Stunde gekommen.

»Ein unglaubliches Buch! Mit diesem Buch kann uns dieser Sommer völlig verregnen, hier sind Sie mit einer phantastischen Geschichte im Trocknen ...« *Elke Heidenreich in Lesen!*

»Man kann für dieses Buch in unbändige Begeisterung entflammen.« *Adam Olschewski, Neue Zürcher Zeitung*

Lena Gorelik
Meine weißen Nächte

Roman. 273 Seiten. Leinen mit Schutzumschlag und Lesebändchen

Was tun, wenn man eine sehr emotionale, sehr russische Mutter hat, die mindestens einmal täglich anruft, um sich zu erkundigen, ob man auch genug gegessen hat? Wenn man eine wunderbare, aber schrecklich vergeßliche Großmutter hat, die nur in ihrer Sankt Petersburger Vergangenheit lebt? Und einen reizenden Bruder, der gerade beschlossen hat, sich dem Buddhismus zuzuwenden?

Eigentlich wäre Anja schon damit ausgelastet, ihre Beziehung zu Jan auf die Reihe zu kriegen und sich vielleicht einen Job zu suchen. Aber Anjas Familie ist omnipräsent, auch wenn sie ein paar hundert Kilometer entfernt wohnt. Als eines Tages ihr Exfreund auftaucht und ihr einen Job in einem russischen Reisebüro vermittelt, sind plötzlich auch die Erinnerungen an ihre russische Kindheit wieder da …

In ihrem erfrischenden Debütroman macht Lena Gorelik auf hinreißend komische, leise melancholische Weise deutlich, daß sich das Leben mit einer doppelten Identität ganz offensichtlich nicht darin erschöpft, seinen deutschen Freunden zu erklären, daß Puschkin nicht nur ein Wodka, sondern auch ein Dichter war.

»Unbedingt lesen!« *Jüdische Allgemeine*

»Ein absolut hinreißendes Buch.« *bücher*

Anne Fadiman
Ex Libris

Bekenntnisse einer Bibliomanin. Aus dem amerikanischen Englisch von Melanie Walz. 204 Seiten. Leinen mit Schutzumschlag und Lesebändchen

Was tun, wenn man jemanden heiratet, der genauso verrückt nach Büchern ist wie man selbst? Die beiden Bibliotheken zusammenführen und die doppelten *Madame Bovarys* aussortieren? Wenn ja – meine oder seine? Dieser und ähnlich wichtigen Fragen rund um die Bibliomanie geht Anne Fadiman in ihrem internationalen Bestseller nach – dem idealen Geschenk für alle, die der Bücherleidenschaft verfallen sind.

Ex Libris schildert eine lebenslange Liebesaffäre mit Büchern und Sprache. Für Anne Fadiman – wie für so viele andere leidenschaftliche Leser – sind die Bücher, die sie liebt, selbst zu Kapiteln ihres Lebens geworden. Mit Eleganz und Witz brilliert sie in der Kunst des Essays und verbindet Anekdoten über Coleridge und Orwell mit Geschichten ihrer eigenen pathologisch literaturbesessenen Familie. Als jemand, die sich erst »richtig verheiratet« fühlte, als sie, nach fünf Jahren Ehe, endlich ihre Bibliothek mit der ihres Mannes zusammenführte, ist sie bestens gerüstet, um über ihre liebsten Bandwurmwörter, über das Wesen der Widmungen auf Schmutztiteln, über ihr perverses Vergnügen am ständigen Korrekturlesen und über den wörtlich zu nehmenden Appetit auf Bücher ihres einjährigen Sohnes zu räsonieren.

»Dies ist das kleine Einmaleins des Lebens mit Büchern … Ein Schatz für Menschen, die alles über den artgerechten Umgang mit geliebten Büchern und deren Besitzer wissen wollen.« *Brigitte*